Günther H. Ruddies

Hochzeit auf ostpreußisch

Günther H. Ruddies

Hochzeit auf ostpreußisch

*und andere Geschichten
aus dem Bernsteinland*

5 - 6 - 91

Herbig

Besuchen Sie uns im Internet unter:
www-herbig-verlag.de

1. Auflage 1995
2. Auflage 2004 – Sonderproduktion
3. Auflage 2005 – Sonderproduktion
4. Auflage 2008 – Sonderproduktion
5. Auflage 2008 – Sonderproduktion

Umschlaggestaltung: Parzhuber & Partner – Agentur für
Marketing GmbH, München
Umschlagmotiv: Mauritius, Mittenwald
Satz: FotoSatz Pfeifer GmbH, Gräfelfing
Gesetzt aus: Janson
Druck und Binden: GGP Media GmbH, Pößneck
Printed in Germany
ISBN: 978-3-7766-1906-5

Inhalt

Inhalt

Der Fortschritt kommt nach Plimballen

Betulich besserten die beiden Gemeindearbeiter Pellwurm Janusch und Pierack Jakob den Dorfweg aus, warfen Steine in die Schlaglöcher und schaufelten Staub darüber. Setzten sich anschließend auf die Grabenböschung unter Birken, aßen Geräuchertes und schlossen wie gewohnt eine Wette ab. Kam Ostwind auf, wurde der Staub wieder fortgeblasen und mußte erneut herbeigeschaufelt werden, die Wette war in diesem Fall gewonnen von Pellwurm Janusch. Zog ein Gewitter auf, gefolgt von einem kräftigen Landregen, verwandelte sich der Dorfweg in eine gluckernde Lehmkuhle, der Wettsieger hieß Pierack Jakob. Soviel ist leicht zu erraten, Arbeit gab es in jedem Fall, weil das Wetter alle Mühe zunichte machte. Eile wäre also, wie so oft im Leben, von Übel gewesen.

Pellwurm Janusch und Pierack Jakob richteten sich nach dieser Erkenntnis, legten ausgedehnte Pausen ein, die natürliche Entwicklung der Dinge nicht durch fruchtlose Arbeit zu stören. So ergab sich genügend Muße, tage- und wochenlang Plimballen ohne Anstrengung auf womögliche Veränderungen zu beobachten. Ab und zu brach ein Stück Herdbuchvieh aus der Umzäunung und mußte wieder eingefangen werden. Zu Kornaust war ein vierspänniger Leiterwagen umgekippt. Ein Storchenpaar nistete im achten Jahr hintereinander. Wahrhaftig geschah nichts, was über Plimballen zu berichten wäre.

In diesem Sommer aber zwischen den beiden Weltkriegen bahnte sich eine Sensation unweit der Grenze zu Litauen an. Hing zusammen mit der kleinen Dorfschule, von Pädagogen und Politikern als Kulturzentrum gepriesen. Sagen wir so, wenn überhaupt Nachrichten aus der Welt nach Plimballen drangen, dann dank der einklassigen Schule. Wie gelangten aber Nachrichten nach Plimballen seit Jahrhunderten? Genau das ist die Frage.

Mit einem Mal, Erbarmung, sollte sich alles ändern. An einem heißen Julitag erschienen bei flirrender Hitze zwei Figuren in uniformähnlicher Kledasche, was eine Kleidung ist, vor den Gehöften. Hielten zuerst angespuckte Zeigefinger in die Höhe, die Windrichtung zu prüfen, ließen sich darauf auf der Wiese zum Nickerchen nieder, so lange wie der Baum, unter dem sie Zuflucht gesucht hatten, Schatten spendete. Wachten dann notgedrungen auf, mit geröteten Nasenspitzen, erfrischt, griffen tatenfroh zu schwarzem Roggenbrot, Räucherspeck und Zwiebeln. Woher sollten Plimballer wissen, daß es sich um staatlich angestellte Postbedienstete handelte, pflichterfüllt bis zum letzten Atemzug?

Unsere Gemeindearbeiter, an sie wird höflich erinnert, hatten die Fremden nie zu Gesicht bekommen, näherten sich ihnen scheinbar absichtslos, erkundigten sich, nicht neugierig zu erscheinen, erst einmal hintenherum, sozusagen: »Die Mannchens werden hoffentlich bei bester Gesundheit sein?«

»Man dankt. Alles steht zum Besten.«

»Das Weibervolk zu Hause hat nicht zufällig Wasser in den Beinen oder einen Kropf?«

»Von den Frauchen daheim werden keine Fisimatenten gemacht.«

»An Kinderchen möchte es somit nicht fehlen? Sie haben nicht zufällig Husten oder Würmer?«

»Rein gar nuscht.«

»Sehr bedauerlich. Erbarmung.«

Pellwurm Janusch und Pierack Jakob wechselten verstohlene Blicke. Die Kerls waren verstockt oder dammlich. Sie würden ihre Taktik ändern müssen. Umständlich puhlten sie eine Flasche aus ihrem Gerätekasten und boten den Fremden ein Schlubberchen Bärenfang an. Pierack Jakob schien eine Erleuchtung zu kommen. Er sprach schätzungsweise so: »Wenn zu Hause alles in bester Ordnung ist, dann sind die beiden Herrschaften unterwegs zu einer hübschen Beerdigung, sagen wir nach Pruzillen? Aus den frohen Mienen ist auf eine ansehnliche Erbschaft zu schließen, die nach den Festwochen aufgeteilt wird?«

Einer der Fremden zwirbelte seinen dicken Schnauzbart, schüttelte traurig den Kopf: »Einen Todesfall gibt es in der Verwandtschaft zur Zeit, leider, nicht. Wir haben den Auftrag, Löcher in die ostpreußische Erde zu graben.«

»Mit Schlaglöchern sind wir auf Jahre versorgt. Hat sich den Unfug eine Obrigkeit im Reich ausgedacht?«

»Der von Berlin vorgeschriebene Abstand spricht dafür, daß Masten für die erste Fernsprechleitung nach Plimballen gesetzt werden sollen, in Kürze. Mit einem Wort, der Fortschritt nähert sich unaufhaltsam, vorausgesetzt, man weiß ihn zu würdigen.«

Die Gemeindearbeiter nickten eifrig, plinkerten sich zu: »Wir sind ja nicht dämlich. Bloß, bitte schön, wie funktioniert überhaupt eine Fernsprechleitung und wozu braucht der Mensch so etwas?«

Die Postarbeiter schienen leicht verwirrt. »Nu, die Sache ist leicht zu erklären. Benötigt wird von einem Ende zum anderen ein Draht. Weiter ist erforderlich ein Mensch, der in den Apparat hineinspricht, und ein weiterer, der ihm zuhört. Man nennt die Prozedur allgemein ein Telefongespräch.«

Pellwurm Janusch kratzte sich hinterm Ohr. »Lohnt sich der Aufwand? Gerüchte verbreiten sich selbst in unserer Gegend vermutlich schneller. Wie kann beispielsweise sich eine kleine Prügelei im Krug zu voller Blüte entwickeln, wenn die Streithähne einige Kilometerchen voneinander entfernt sind?«

»Du sprichst richtig, zur Prügelei ist persönliche Anwesenheit nicht mehr erforderlich. Sie wird ersetzt, das ist Kultur, durch Wortgefechte.«

Von nun an ließen sich die Postarbeiter nicht weiter stören, sie begannen ihre tiefen Löcher zu graben und setzten Telefonmasten aus Holz. Pellwurm Janusch und Pierack Jakob beglubschten den Vorgang aus sicherer Entfernung. Als die Masten standen, spannten die Arbeiter Telefondraht und verschwanden mit einem Ende in dem kleinen Schulhaus, um sich von der jungen Lehrersfrau unverzüglich frische Kartoffelflinsen servieren zu lassen. Nach ein bis zwei Stündchen kamen sie wieder zum Vorschein, gesättigt, Fettflecken an Gesicht und Händen, rülpsten zufrieden wie satte Kinderchen und befestigten am Staketenzaun ein amtliches Schild: ÖFFENTLICHER FERNSPRECHER. Der Fortschritt war unaufhaltsam, was er immer tut, eingezogen.

Anfangs nahmen die Plimballer wenig Notiz. Ein paar Stare setzten sich auf den Draht, bekleckerten die Bienenstöcke des Lehrers darunter. Woche um Woche verging, ohne daß Erwähnenswertes geschah.

Im dritten Monat ungefähr näherten sich die ersten Neugierigen, verwickelten den Lehrer in ein unverfängliches Gespräch. Wie die Bohnen stehen? Wann die Kuh, bitte schön, kalben werde? Fast schon auf dem Heimweg, rückten sie erst mit ihrem Herzenswunsch heraus: Ob man einmal an der Kurbel drehen dürfe? Der Lehrer gestattete großmütig die Berührung mit dem Fortschritt. Lorbasse kurbelten nach Leibeskräften und rannten wild davon, wenn es klingelte und aus dem Trichter rabenähnliches Gekrächze drang.

»Der Fortschritt kann Tierstimmen nachahmen«, hieß es von dem Apparat. Im nahen Dorfkrug entspannen sich tiefsinnige Diskussionen, ob es ratsam sei, einen Draht in den Wald zu ziehen und durch Geräusche Hirsche in der Brunftzeit anzulocken. Pellwurm Janusch und Pierack Jakob gingen strategisch vor, schlugen ihr Quartier auf dem Schulhof auf, verwickelten den Lehrer bei nächster Gelegenheit in eine Unterhaltung. Pellwurm eröffnete die philosophischen Betrachtungen, nehmen wir einmal an, so: »Ist daran gedacht, Herr Lehrer, daß man sich aussuchen darf, mit wem man sprechen möchte in der Ferne? Am Ende meldet sich überraschend Tante Lina, die mir vor Jahren Geld geliehen hat. Nicht auszudenken, daß sich Gläubiger jederzeit telefonisch melden könnten.«

»Die Gefahr«, stimmte der Lehrer zu, »besteht ohne weiteres. Es ist nicht auszuschließen, daß Telefonanrufe Menschen in Zukunft den Schlaf rauben, in Angst und Schrecken versetzen. Wenigstens ist dafür gesorgt, daß jeder, Verwechslungen auszuschließcn, seine eigene Nummer bekommt.«

Pierack Jakob grübelte angestrengt, ob es künftig genüge, sich statt Schimpfwörtern einfach Nummern an den Kopf zu werfen?

»Der räumliche Abstand könnte die Gemüter beruhigen«, gab der Lehrer zu bedenken.

»Kapiere, womöglich werde ich am Telefon zu Pellwurm Janusch nich mehr ›du‹ Paslak sagen, sondern ›Sie‹ Paslak. Ist so der Unterschied?« Zum Glück hatte das Mannche nicht richtig zugehört. Pellwurm beschäftigte ein anderer Gedanke: »Ich denke«, druckste er herum, »an weitere Schwierigkeiten. Wie steht es beispielsweise mit einem gewissen Pillrigkeit, wenn er mit seiner Marjell in Wuschen telefonieren möchte? Ist der Fall auszuschließen, daß ihr Ehemann an den Apparat kommt und später den Nebenbuhler umbringt?«

»Einige Problemchen wird es schon geben«, meinte der Lehrer mahnend, »der kluge Mensch wird am Telefon nicht alles sagen, was er weiß und denkt.« Er zündete sich sein Tabakpfeifchen an, blickte den entschwindenden Ringen nach, seufzte, vieldeutig hinzusetzend: »Ei wer weiß, womöglich möchte der Mensch gar nicht erfahren, was ihm alles als Nachricht angeboten und durchgegeben wird? Kann er sich wehren? Wir werden es erleben, Erbarmung.«

Erst einmal füllte sich bei nächster Gelegenheit der Schulhof. Die Existenz des neuen Öffentlichen Fernsprechers hatte sich in der Gegend herumgesprochen. Eingetroffen zur Augenscheinnahme in Person war die Familie Karbonade mit ihrem Besuch aus Karklienen, deren Verwandten mütterlichseits und angeheirateten Cousinen väterlichseits. Der Dorfschmied rückte mit Enkelchen und einer schlachtreifen Ziege, Gos, an. Fuhrknechte von entlegenen Gehöften spannten ihre Pferde aus, führten sie in die Remise neben der Schule, zuversichtlich, daß sich ein Fest anbahnte. Die Einwohner von Schillellwethen schubsten die Wruker Leute, die ihrerseits über Pungel und Kaburrs nach vorne kletterten, vom Öffentlichen Fernsprecher wenigstens einen Blick zu erhaschen. Die Frau des Lehrers kochte Wurstsuppe, briet Spirgel, verteilte Speck aus der Räucherkammer, leerte Weckgläser, die Menschenmenge zu beköstigen. Der technische Fortschritt hielt sie in Atem. Der erste Anruf nach Plimballen ließ Tage, wenn nicht Wochen, auf sich warten. Man übte sich in Geduld und vertrieb sich die Zeit. Das Völkchen half dem Lehrer beim Stallausmisten, striegelte das Vieh, säte Klee aus, half Getreide dreschen und im Keller Kartoffeln entkeimen. Eine sputig zusammengestellte Kapelle spielte zum Tanz auf, es wurde geschwoft und gescheiwelt, zwei Paare gaben ihre Verlobung bekannt. Bald war in der Hochstimmung vergessen, niemand wird es überraschen, das Telefon.

Plötzlich, ein Weilchen nach Mitternacht, geschah das Unerwartete. Eine Glocke an dem neumodischen Gerät setzte sich in Bewegung, rasselte, schepperte. Die Musik brach ab, aufgeregt versammelten sich die Leute um den Apparat an der Wand. »Das Telefon wird sich von alleine beruhigen«, hieß es, »vielleicht verträgt es unser Klima nicht?« Oder: »Wie kann man wissen, wer sich melden soll, solange nicht zu erkennen ist, wem der Anruf gilt?«

Wahrhaftig besänftigte sich die Klingel mit der Zeit. Das Fest nahm seinen ungestörten Fortgang.

Nach einer weiteren Stunde, ungefähr, gab das Blech erneut Laut. Der Lehrer, leicht entkräftet und ermüdet, befand sich zum Glück in der Nähe. Er betätigte nach Vorschrift die Handkurbel, umklammerte mit der anderen Hand die Hörmuschel und preßte sie an sein Ohr. Lärm, Musik, Zwischenrufe hinderten ihn, ein Wort zu verstehen. Hilflos fuchtelte er mit den Armen, bat um Ruhe. In der Leitung machte es Knack und Tuuuut. Der Leute bemächtigte sich einige Erregung und Neugierde: »Was hat der Apparat gesagt?«

»Wir sind falsch verbunden.«

Ältere Herrschaften meinten: »Laßt uns so tun, als ob uns die Sache nichts anginge.«

Kräftige Jungchen andererseits machten Anstalten, sich auf das Gerät zu stürzen und zu zertrümmern, ahnend, daß Telefonanrufe geeignet sind, eine festliche Stimmung zu stören.

Der Lehrer, ihre finsteren Pläne durchschauend, rettete den Apparat durch einen Sprung in die Küche, die Schnur unter dem Arm. Man hörte ihn mit dem Gerät hantieren bis er, schweißgebadet, vor der Öffentlichkeit erschien, zu verkünden: »Ich höre, daß es in der Leitung rauscht und knackt. Soviel ich verstehe, läßt eine Hebamme dem Bauern Kallweit Butz mitteilen, daß ihm eine Marjell geboren wurde.« Er stellte sich auf die Zehenspitzen, rief laut aus: »Ist jemand dieses Namens unter den Anwesenden? Andernfalls will die Nachricht zu seinem Gehöft gebracht sein, weil wir einen Öffentlichen Fernsprecher haben und dazu verpflichtet sind.«

Die Mitteilung, wer zweifelt daran, löste bei der Menschenmenge lautes Jubelgeschrei aus. Der Krugwirt holte mit seinem Leiterwagen Fässer mit Bier, die Kapelle spielte einen Tusch zu Ehren der neuen Erdenbürgerin. Eine umständliche Einwohnerzählung ergab die vollständige Anwesenheit ganzer Dorfgemeinschaften und Familien, bloß ein Bauer namens Kallweit befand sich nicht darunter.

Der Lehrer überlegte, wie die Nachricht am schnellsten zu ihm nach Hause befördert werden könnte, am besten, wie seit Jahrhunderten, mit dem Pferd. Ein Jungchen aus dem achten Schuljahr hatte freiwillig seinen Schimmel gesattelt, schwang sich aufs Pferd, preschte ab zu dem einsamen Gehöft hinten am Wald. Das Fahrrad des Melkers wurde aufgepumpt, vorläufig in Reserve gehalten. Hätte ja sein können, daß weitere Nachrichten überbracht werden mußten.

Doch was war das? Durch das Tor kehrte auf den Schulhof das ausgerittene Jungchen zurück, außer Puste, eine Blessur durch Äste quer über die Wange, der Schimmel Schaum vorm Maul. Pferd und Reiter hatten sich im Weg geirrt, waren in den Graben gestürzt. Der verhinderte Bote rief von weitem: »Ein neuer Reitertrupp möchte zusammengestellt sein, sofort. Die Verbreitung von Nachrichten dient dem Fortschritt in der Welt.«

Unverzüglich wählte der Lehrer drei weitere Schüler aus. Sie sattelten ihre Pferde, ritten im gestreckten Galopp dem Bauern Kallweit Butz zu.

»Reitet wie der Deibel«, rief er ihnen nach, »die Information über eine glückliche Geburt, zu Gunsten des Bauern Kallweit, verträgt keinen Aufschub.«

Die jungen Reiter schonten ihre Pferde nicht, riefen weit vor dem Ziel dem Bauern die Neuigkeit zu: »Wir haben dir, Bauer Kallweit Butz, eine Meldung aus dem Öffentlichen Fernsprecher von Plimballen zu überbringen.«

»Halt«, kommandierte der Bauer überraschend von einer Strohmiete herab, »keinen Schritt weiter, die Überbringung von Nachrichten ist nicht erwünscht, weil sie mehrheitlich übler Natur sind.« Zur Bekräftigung schoß er aus seiner Flinte dreimal in die Luft.

Endlich raffte sich ein Jungchen auf, rief ihm zu: »Durch den Draht wurde aus Pillkallen gemeldet, du bist Vater einer Marjell geworden, unstreitig.«

»Lüge, alles Lüge«, tönte es zurück, »mein Frauchen hat mir einen Sohn als Erben versprochen, weil wir schon fünf Mädchen haben. Niemals werde ich einem Apparat mehr glauben, Ehrenwort, als meinem Frauchen. Horcht zu, ihr Glumsköppe, die Annahme der Nachricht wird verweigert, endgültig.« Zur Bekräftigung schoß er genauer aus seiner Flinte, diesmal in gefährliche Nähe der Pferde, die sich erschreckt aufbäumten. Sie machten auf der Stelle kehrt, trugen die Jungchen zurück ins Schulhaus. Dort wurde sofort ein größeres Einsatzkommando zusammengestellt. Eine Unterdrückung von Informationen kam nicht in Betracht. Fortschritt braucht meistens, die Menschheitsgeschichte lehrt es, Durchsetzung mit Nachdruck. Der Vorschlag des angetrunkenen Krugwirts fand die Mehrheit: »Man wird den Bauern Kallweit Butz zwangsweise zum Öffentlichen Fernsprecher führen, damit er mit eigenen Ohren hört, daß er von einer weiteren Marjell Vater geworden ist. Technik kann nicht, was zu beweisen ist, irren.«

Der Bauer, Böses ahnend, hatte sein Gehöft längst in eine Festung verwandelt. Die Zugangswege waren mit Stacheldraht versperrt, Knechte, Instleute auf Bäumen und Dächern postiert, die Hunde fletschten hinter Zäunen kampfbereit ihre Zähne.

Die Reitertruppe hatte mit dem Äußersten gerechnet, rückte aus allen Himmelsrichtungen auf das Gehöft vor, sichtgeschützt von Hecken und Büschen. Der rasch gewählte Anführer schwenkte eine Fahne, rief von weitem: »Jeder Widerstand, Bauer Kallweit Butz, ist zwecklos. Kein Mensch kann sich im Leben vor unangenehmen Nachrichten schützen. Wahrheit siegt immer über, Ehrenwort, Gewalt.«

Fuchtig warf Kallweit die Flinte ins Stroh, ballte die Fäuste. »Ich weiche nur der Übermacht, werde beweisen, daß ein Versprechen meines Frauchens mehr wert ist als moderne Fernsprechtechnik.« Trotzig ließ er sich ins Schulhaus geleiten.

Der Lehrer begab sich an den Öffentlichen Fernsprecher, kurbelte, übergab ihm den Hörer: »In Kürze wird, Bauer Kallweit, die Hebamme aus Pillkallen zu dir sprechen.«

Der Bauer, halb mißtrauisch, halb feierlich, berührte vorsichtig das neumodische Blech, rückte die Ohrmuscheln zurecht, pustete in den Trichter, schneuzte seine Nase, horchte angestrengt. Die vielen Leute in der Nähe lauschten atemlos. Dunnerlittchen, das Gesicht von Kallweit erhellte sich, er sprang in die Höhe, klatschte in die Hände, gab dem Öffentlichen Fernsprecher von Plimballen gar einen Butsch, das ist: ein Kuß, rief: »Ein Lorbaß. Ein Lorbaß. Das Versprechen wurde gehalten.«

Das Volk fing an zu murren. Auf die Technik sei eben kein Verlaß. Der Lehrer versuchte zu beschwichtigen. Ein Hörfehler, was sonst. Er rief zurück: »Hier ist von einem Lorbaß die Rede. Vorhin wurde eine Marjell für den Bauern Kallweit Butz durchgegeben. Möchte der Öffentliche Fernsprecher, bitteschön, sich nun endgültig zwischen den Geschlechtern entscheiden?«

Man hörte Krächzen aus dem Apparat. Die Hebamme in Pillkallen schien einen Hustenanfall zu haben oder unter Asthma zu leiden. Schließlich eröffnete der Lehrer der Bevölkerung von Plimballen und Umgebung: »Die Wahrheit ist, der Bauer Kallweit ist Vater von Zwillingen geworden, von einem Lorbaß und einer Marjell. Die Partie zwischen fortschrittlicher Technik und Mensch bleibt, bis auf weiteres, unentschieden.«

Das Preisganterchen

Wengtiner hießen in Ostpreußen die Landstreicher. Sie galten als ganz verkommene Menschen. Der Name ist ihnen vermutlich von den Freiheit
suchenden Hugenotten geblieben. Die Wengtiner blieben jedenfalls freiheitsbesessen bis zum letzten Tag,
nahmen es auf sich, jegliche Arbeit zu meiden und sich
auf einfallsreichere Weise durchs Leben zu schlagen. Im
Waldstück hinter Jucknitten trafen sich in unbestimm-
ter Anzahl jährlich Wengtiner, tauschten Erfahrungen
und Adressen aus, vermittelten trockene Schlafplätze
untereinander und feierten vor allem ein kleines Fest für
die toten und am Leben gebliebenen Wengtiner.

In diesem Jahr war es Herbst geworden. Das neblige
Wetter verlockte, sich abends an einem Feuerchen zu
wärmen. Sie scharten sich bald in Grüppchen um die
züngelnden Flammen, hielten ihre arthritischen Hände
darüber oder bekämpften den unvermeidlichen Rheumatismus mit Bärenfang, Meschkinnes.

Zuerst einmal Sperlingsschlucker. Er zog es vor, sich
den Sommer über auf der Kurischen Nehrung herum-
zutreiben, von geräucherten Flundern und Zander zu
leben, die Fischer, Vogelforscher oder Landschaftsma-

ler spendierten. Zum Dank führte ihnen Sperlingsschlucker einen artistischen Handstand auf einem Arm vor, manchmal zeigte er sogar, wie man eine Feldmaus dressiert.

Neben ihm auf dem Waldboden lag der Pungel, was ein Bündel ist, von Kuttel, so unter Freunden genannt wegen seiner Leidenschaft auf Königsberger Rinderfleck, wozu man Pansen oder eben Kutteln benötigt. Einmal hätte er beinahe den Verstand verloren, aus lauter Gieprigkeit nach verführerisch duftendem Fleck der Köchin einen Stapel Holz kleingehackt, zu dem begehrten Lohn, einen Teller Suppe zu erlangen. Im allerletzten Augenblick rettete ihn Standesbewußtsein vor der körperlichen Anstrengung. Er händigte lieber der Köchin die Axt aus, setzte sich auf einen Baumstumpf und spielte ihr zur Arbeit ein Lied auf der stets mitgeführten Weidenflöte vor. Der Köchin, der ihr Liebhaber durchgebrannt war, verging vor Schmerz der Appetit. Sie weinte, plinste, und Kuttel aß das ganze Königsberger Fleck auf. Sein eigener Name erinnerte Kuttel allgegenwärtig, wie leicht der Mensch in Gefahr kommt, sich wegen seiner Begierden unnötig Arbeit und Mühen aufzubürden.

Mutzkopp, das kommt von Kopfnuß, trug seinen Spitznamen als Produkt erfolgloser Erziehungsbemühungen. Hatten bei Mohrungen einen Kolonialwarenladen, die lieben Elternchen, plagten sich redlich ab, Mostrich abzuwiegen, Salzheringe einzeln aus dem Faß zu verkaufen und Pfefferminzbonbons stückweise abzugeben. Der Sprößling sollte in der Schule gut lernen und etwas Besseres werden. Womöglich wie der Viehhändler mit der goldenen Uhrkette über den Wochenmarkt stolzieren, als Pfarrerche sonntags freundlich von der Kanzel herablächeln, warum nicht wie ein Regierungsbeamter im Büro in Ruhe Kaffee aus der Thermosflasche trinken dürfen. Freilich war für solche hochgestochenen Berufspläne neben Lesen und Rechnen die Aneignung einer gewissen Kultur Voraussetzung. Auf dem Lande zählte dazu, Krümel vom Tischtuch zu wischen, wenn sich Arzt oder Steuereinnehmer näherten, die Bibel aufzuschlagen, falls der Pastor kam. Säuglingen wurde schon, wenn auch vergebens, die Grundregel menschlicher Zivilisation eingehämmert: eine Karriere ist nicht ohne saubere Fingernägel und Ohren zu begründen.

Mutzkopp wurde von kleinauf in einen Holzbottich gestellt und von oben bis unten abgeschrubbt. Erst ließ er sich ein Weilchen die lästige Prozedur gefallen. Erntete er bei Widerstand besagte Mutzköppe, lief er fort, sich in einer Lehmkuhle zu wälzen. Hatte endgültig genug, der Lorbaß, als sich an Hals und Füßen die ersten roten Stellen vom vielen Reiben zeigten. Aus Angst, man würde ihm Muskeln und Fleisch bis auf das Skelett abribbeln, schwor der Gnos, den Rest seines Lebens als Wengtiner zu verbringen. Hätte gar nicht mehr der Aufforderung bedurft, sich seinen Zähnen mit einer Mischung aus Kies und Schlemmkreide in der Hand zu nähern. So oder so war ihm die Vorstellung unerträglich, der gute Geschmack von Zippeln, was Zwiebeln sind, Schmand sowie Heringen könnte durch künstliche Eingriffe verdorben werden. Er nahm dafür Prügel in Kauf, einige hundert Mutzköppe, warf die zum Geburtstag geschenkt bekommene Zahnbürste auf den Misthaufen und entfloh in Richtung Memelniederung, einer Gegend, aus welcher der Schuster Voigt stammte, der später als Hauptmann von Köpenick eine literarische Berühmtheit wurde.

Die Folgen seiner Erziehung hatte Mutzkopp, wahrhaftig, bis zum heutigen Abend nicht verdaut. Stand jedenfalls vor einem Stein an einer hohen Kiefer und starrte grübelnd in ein Weckglas mit Flußwasser aus der Memel. Er führte das Gläschen stets mit sich im Pungel. Wußte ja, was sich gehört, bewies Manieren, indem er sich sorgfältig auf das bevorstehende Mahl mit Sperlingsschlucker, Kuttel und vielleicht weiter zu ihnen stoßenden Wengtinern vorbereitete. Andererseits hatte er einen unüberwindlichen Ekel davor, mit zu viel Wasser in Berührung zu kommen. Verfuhr also salomonisch, indem er seine Fingerspitzen in das Naß tauchte, sie danach solange in den Abendwind hielt bis sie abgetrocknet waren, um darauf gegen die verstoppelten Wangen und die gerötete Nasenspitze zu stippen. Nach kurzer Vergewisserung, daß ihm niemand zusah, rieb er sich verstohlen mit den Händen an Kinn und Hals, so den gröbsten Staub zu vertreiben oder wenigstens in die Haut einzureiben. Der Mensch wird dadurch zum Menschen, wie er ißt. Zur Feier des Tages nahm sich Mutzkopp vor, mit den Füßen zusätzlich einmal barft durch den Bach zu waten, vor dem Essen, zum Zeichen, daß der Mensch auch ohne künstliche Erziehung edel werden kann. Das Feuer loderte auf der Feuerstelle, die aus zusammengetragenen Steinen bestand und das Aussehen eines kleinen Backofens angenommen hatte. Sperlingsschlucker hatte aus seinem Gepäck eine alte, gelötete Bratpfanne hervorgezaubert und sie zum Anwärmen auf die Glut gesetzt. Kuttel hantierte mit dem abgesengten und ausgenommenen Ganterchen nach

Leibeskräften, unterstützt von Mutzkopp. Dieser Mensch las nämlich aus gefundenen Seiten aus dem Doennigschen Kochbuch vor, glubschte um sich und achtete argwöhnisch darauf, daß Kuttel nichts falsch machte. Vorsichtshalber las er ihm aus dem Rezept vor: »Der Rumpf wird nach Vorschrift vorbereitet, innen mit Salz eingerieben, dann füllt man ihn mit ungeschälten Äpfeln, rohen Kartoffeln oder Maronen ...«
Liebevoll faltete er die vergilbten Blättchen zusammen, irgendwo hatte er unterwegs die achtlos fortgeworfenen Seiten aufgelesen und barg jetzt den Schatz in seinem Fuppchen, was eine Tasche ist. Begab sich dann in unmittelbare Nähe von Kuttel, der ins Schwitzen gekommen war und sein durchlöchertes Halstuch ablegte. Er sprach aus tiefer Sorge: »Vergiß nicht mit Holzstäbchen die Haut auf dem Rücken wieder festzustecken und die Gans von außen zu salzen.«
Kuttel, mit feierlich beschwörenden Bewegungen über das Prachtstück von Ganterchen streichend, wurde fuchtig: »Dreibastigkeiten. Glaubst du, es wäre meine erste Gans? Ich habe schon Wildenten gebraten nach Vorschrift mit Lorbeerblatt, Wacholderbeeren, Zwiebeln und Pfeffer. Du solltest dich lieber um den Schmorkohl kümmern, wenn das Mahl vollständig werden soll.«
Nach diesen Worten ergriff er den Gänsekörper, legte ihn mit der Brustseite nach unten in die Pfanne und setzte den Braten auf die Feuerstelle. Anschließend huckte er sich mit gekreuzten Beinen davor, neben sich eine Gallone voll Wasser, stets bereit, die Gans zu begießen, rechtzeitig zu wenden und das Fett abzuschöpfen. Kuttel fiel in philosophisches Schweigen. Die Aufgabe nahm ihn vollkommen gefangen. Mutzkopp be-

nutzte die Gelegenheit, verstohlen hinter einen Busch zu treten, zog seine Zettel aus dem Doennigschen Kochbuch hervor und buchstabierte noch einmal die Vorschrift Zeile für Zeile durch. Er traute dem Frieden nicht. Plötzlich schrie er wie von Wespen gestochen auf, fuhr mit der Hand unter das Futter seiner zerknautschten Mütze, förderte eine Handvoll Krümel zutage, stürzte erbleichend auf Kuttel zu, vorwurfsvoll jammernd: »Wir haben, Donnerschlag, vergessen Majoran hineinzulegen.«

Der Lärm lockte Sperlingsschlucker herbei. Er hatte sich mit einem Knüppel bewaffnet, weil er fürchtete, jemand hätte das Ganterchen gestohlen. Als er die nicht minder schlimme Wahrheit erfuhr, erbleichte er. Speisen ohne Majoran schmeckten ihm nach Gift. Umständlich berieten sie das Problem nach allen Seiten, suchten nach einem Ausweg, beklagten ihr Schicksal, fielen in tiefe Depression. Endlich entschlossen sie sich zu einer chirurgischen Operation. Sperlingsschlucker hielt die heiße Gans zwischen zwei Ästen in die Höhe, Kuttel öffnete vorübergehend mit einem Poggenritzer, worunter man sich ein Messer vorstellen möchte, ein Loch zwischen Gänserücken und Bürzel, während Mutzkopp zwei Hände voll Majoran in die Füllung gab. Danach wurde die Gans wieder verschlossen und in das Ofenfeuer gelegt.

Der Zwischenfall hatte die Wengtiner deutlich mitgenommen. Sie nahmen aus der Flasche Kuttels einen Schluck zur Stärkung, ehe sie sich daran machten, den Schmorkohl zuzubereiten. Bei dem Manöver gingen sie gemeinschaftlich vor, Pannen von vornherein zu vermeiden. Feierlich versprachen sie einander, mit ihren

Gedanken ganz bei der Sache zu bleiben, denn die Herstellung von ostpreußischem Schmorkohl setzt äußerste Anspannung der Sinne voraus.

Auf einer ausgebreiteten alten Zeitung legten sie erst einmal die Zutaten zurecht, zählten ab, nahmen sie prüfend in die Hand, bissen darauf, rochen daran und drehten nach allen Seiten in Streifen geschnittenen Weißkohl, Gänseschmalz, geschnibbelte Äpfel, Zwiebelwürfel, Salz, Pfeffer, Mehl und Majoran, selbstverständlich. Die Prüfung der Materialien ergab keine Beanstandungen, worauf Sperlingsschlucker zu dem verbeulten Topf griff, Schmalz hineinwarf und mit Zwiebeln und Äpfeln glasig anschwitzen ließ. Später gaben sie den Kohl in die gesalzene Flüssigkeit, gossen Wasser hinzu und ließen alles im zugedeckten Topf schmoren. Bis zum Abschmecken, süßsauer mit Pfeffer, Zucker und Essig hatte es Zeit. Sie konnten geduldig abwarten.

Der Duft nach Gänsebraten und Schmorkohl verbreitete sich bis nach Jucknitten und weiter. In der Abenddämmerung raschelte es im Wald, heraus auf die Lichtung traten die Wengtiner Koss und Krät. Koss kommt von Kos, Ziege, der gnusplige Mensch mit den dittchengroßen Sommersprossen hatte wahrhaftig sein Lebtag nichts anderes gemacht als Ziegen gehütet. Eines Tages war ihm die einseitige Beschäftigung zu dumm geworden, er hatte umgesattelt auf Fischfang in Masuren und Vorsingen unter Balkonen in den Städten. Krät heißt soviel wie Kröte und meint einen schlechten Menschen, die fälschliche Bezeichnung ging in seinem Falle auf eine alte Bekanntschaft zurück. Krät wurde oft mit einem notorischen Hühnerdieb auf Wanderschaft angetroffen. Hatte die unangenehme Eigenschaft, der

Mensch, sich niemals erwischen zu lassen. Krät stattdessen, er zog seinen linken Fuß etwas nach, wurde in der Regel erwischt und stellvertretend ins Spritzenhaus gesteckt. Opfer und Leiden konnten Krät nicht abhalten von dem Drang, der Gerechtigkeit zu dienen, Mitmenschen zu bessern. Kurz, er war ein Moralist, von standhaftem Charakter, selbst wenn es ihm übel heimgezahlt wurde.

Der über der Waldlichtung liegende Duft aktivierte seine Sinne. Vorgestern hatte er seinen letzten Brotkanten aufgegessen. Die erwartungsvolle Stimmung unter den Wengtinern weckte andererseits sein Mißtrauen. Ob hier alles mit rechten Dingen zuging? Als Moralist verachtete er scheinheilige Fröhlichkeit, deren Grund er nicht kannte. Ließ sich also erst einmal auf dem Waldmoos nieder, steckte seine Pfeife an, stieß dampfende Qualmwolken aus, rieb sich nachdenklich die spitze Nase, auf der eine Warze prangte und sprach advokatisch: »Gewiß verträgt es sich mit unserer Standesehre nicht, die schmackhaften Güter dort auf dem Feuerchen durch anstrengende Arbeit zu erwerben. Aber wie steht es mit einer unrechtmäßigen Aneignung, sprecht? Könnt ihr mir die Herkunft der bevorstehenden Genüsse erklären, so will ich euch die Ehre antun und mich mit euch auf das bevorstehende Mahl freuen.« Mutzkopp, wie erinnerlich allergisch gegen erzieherische Einflüsse, wollte auf der Stelle aufspringen und Krät eine Tracht Prügel verabreichen. Sperlingsschlukker hielt ihn im letzten Moment an seiner geflickten Kledasche zurück, grunzte: »Laß den Pomuchelskopp reden. Was hier duftet, bruzzelt und gut schmecken wird, ist erworben auf ehrliche wengtiner Weise, das heißt, Ehrenwort, ohne Arbeit oder Unrecht wie Diebstahl.«

Kuttel putzte seinen Poggenritzer mit einem Büschel Gras ab und nickte. »Wahrhaftig habe ich mich redlich angestrengt, die Zutaten zu verdienen.«

»Worin bestand deine Redlichkeit?« erkundigte sich Krät bohrend.

Kuttel scharrte verlegen mit den nackten Zehen in der Erde, hob dann bedächtig an zu sprechen: »Ei nei, ich habe gewissermaßen als reisender Lehrer fungiert. Bildung ist im Volke jederzeit willkommen.«

»Ein Wengtiner als Pädagoge! Könntest du dich etwas genauer ausdrücken, bitte schön?«

»Ich habe den Kinderchen des Pastors in Schabbern Unterricht gegeben.«

»Lesen und Schreiben lernt man in der Schule, denke ich?«

Kuttel lachte meckernd auf. »Ein alter Aberglaube. Es gibt eine Menge Dinge zwischen Himmel und Erde, die man nicht in der Schule lernt und doch für sein Leben braucht wie Luft und Wasser. Ich spreche beispielsweise von einer Schrift und Sprache, die man ziemlich weit auf der Welt versteht.«

Krät faßte sich erschrocken ans Herz. »Du meine Güte, du wirst ihnen doch nicht unsere Gaunerzinken beigebracht haben?«

Kuttel reckte sich stolz. »Keine Sorge. Die Pastorenkinder waren höchst gelehrig. Die Belehrung ging ohne Zucht und Strenge ab. Nach wenigen Stunden Einweisung haben sie an alle Gehöfte in der Umgebung perfekt Gaunerzinken angebracht. An Häusern und Stallwänden steht nu: ›krank spielen lohnt‹, ›grobe, unfreundliche Leute‹ oder ›ruhig aufdringlich werden‹. Sag selbst, sind da Äpfel, ein paar Löffelchen Salz, ein bißchen Kartoffelmehl von der Pastorenfrau zuviel Lohn für meine Mühe? In Deutschland wird erzieherische Anstrengung seit Jahrhunderten unterbezahlt«, setzte er nachdrücklich hinzu.

Krät runzelte die Stirn, eröffnete ihm: »Meinetwegen, die Art des Erwerbs von Zutaten möchte ich gelten lassen. Sie scheint mir nicht in Arbeit ausgeartet zu sein, noch hast du im Pfarrhaus gestohlen. Wie steht es aber mit dem Erwerb des Ganterchens? Soviel ich weiß, fliegen solche Objekte menschlicher Lust nicht frei in der Luft herum? Und wer schenkt sie schon nach langer Hütezeit einem fremden Wengtiner?«

Sperlingsschlucker hörte unbewegten Gesichtes zu, drehte die Gans in der Pfanne zur anderen Seite, übergoß sie zischend mit einem Schwall Wasser aus dem Bottich und sprach laut über die Waldlichtung: »Von Schenken kann nicht die Rede sein. Es hat eine Menge Aufregung gekostet, an das Ganterchen heranzukommen. Um ein Haar und nicht das Tier läge in der Pfanne, sondern ich unter der Erde, mausetot.«

Bei diesen dunklen Andeutungen blieb es zunächst. Krät gab nicht nach, drang weiter in ihn, die ganze Wahrheit zu erfahren. Ihm ging es um die entscheidende Frage, die sich viele Moralisten auf der Welt ebenso gestellt hätten: würde er das Ganterchen mit gutem oder schlechtem Gewissen verspeisen dürfen? Auf den Genuß würde Krät um keinen Preis mehr verzichten. Umso dringlicher wurde seine Suche nach einem Kompromiß, Moral und Appetit waren unter einen Hut zu bringen. Ihm kam eine Idee: »Manchmal laufen herrenlose Haustierchen herum. Das Ganterchen könnte dir zugelaufen sein, über die Füße gestolpert, womöglich hat es sich dabei einen Fuß gebrochen, so daß eine Notschlachtung angezeigt war? In diesem Falle wäre es sogar eine gute Tat, das Ganterchen zu verspeisen.«

Sperlingsschlucker schüttelte den Kopf. »Tut mir leid. Das Ganterchen befand sich in seinem Kaburr und kreischte. Wäre ich sonst auf die Existenz unseres Bratens aufmerksam geworden?«

»Waren die Tiere vielleicht in Not? Sie schrien, weil ein Feuer ausgebrochen war? Du hast den Brand gelöscht und wir können das Ganterchen verspeisen als Belohnung?«

Der Wengtiner kratzte sich am Kopf und spuckte auf den Boden. »Deibel nochmal, nein. Als ich auf dem einsamen Gehöft die Gänse schreien hörte, dachte ich, du siehst mal nach, Sperlingsschlucker. Womöglich befindet sich ein kluges Tierchen darunter und folgt dir freiwillig in die Freiheit? Hätte ja sein können, oder?«

Krät zählte an seinen Knöpfen ab, ob sowas moralisch sei oder nicht. »Bedenklich«, entschied er dann, »aber immerhin eine Möglichkeit, Diebstahl zu umgehen. Du bist also in den Gänsestall eingedrungen ...«

»Zuerst in die Küche, es war duster, die Kaburrs für die Gänse lagen dahinter ...«

»Schön, du gingst in die Küche ...«

»Nicht direkt. Das Schlafzimmer der Bäuerin lag dazwischen ...«

»Sie schrie um Hilfe, als sie dich sah?«

»Dreidammliger Damlak, wie kommst du darauf? Kennst du Weiberseelen? Ihr Mann befand sich im Krug wie jede Nacht, sich vollaufen zu lassen.«

»Was du nicht sagst. Und die Bäuerin?«

»Sie lag im Bett mit ausgestreckten Armen und sah mich freudig erstaunt an...«

Krät und Koss lief das Wasser im Munde zusammen. Kuttel ließ erschrocken den Löffel fallen, mit dem er im Schmorkohl herumrührte und lauschte atemlos. Sperlingsschlucker schlug die Augen nieder, fuhr verschämt fort: »Es war, wie man so sagt, eine verfängliche Situation. Vor allen Dingen weil ich, wie ihr wißt, mir wenig aus Frauen mache. Außerdem muß sich ein Wengtiner hüten, seine Freiheit zu verlieren, sie gegen einen warmen Rock oder Ofen einzutauschen. Mein erster Gedanke hieß also Flucht.«

Koss versetzte sich in seine Lage, schien ratlos. »Sie war so häßlich, die Bäuerin?« kombinierte er.

»Weiter«, fieberte Kuttel, »erzähl schon, wie es weiterging, sofort.«

Sperlingsschlucker hob den Zeigefinger. »Also gut, auf eure Verantwortung. Als ich mich zurück zur Tür und Flucht wandte, stand plötzlich der klobige Bauer im Türrahmen. Total betrunken, laut brüllend, machte er Anstalten, uns umzubringen und die Möbel zusammenzuschlagen.«

Knisternde Spannung breitete sich über der Waldlichtung aus. Nur das Schmurgeln des Bratens war zu hören, eine Grille im Gebüsch. Sperlingsschlucker griff sich an den Kopf: »Ich erinnere mich nicht mehr genau, wie alles geschah. Aber plötzlich spürte ich die kräftige Hand der Bäuerin, die mich unwiderstehlich in ihr Bett zog und mich unter den dicken Daunenbetten versteckte. Es kostete mich, Ehrenwort, eine Menge Überwindung.«

Er rieb sich kalten Schweiß von der Stirn.

»Und der Bauer?«

»Er riß seine Flinte von der Wand und legte auf uns an.«

»Dunnerlittchen, laß dir doch nicht alles einzeln aus der Nase puhlen. Wann treffen schon soviel Leidenschaften aufeinander an einem Ort?«

»Die Bäuerin«, fuhr Sperlingsschlucker fort, »richtete sich kaltblütig in ihrem Bett auf und sprach zum Bauern: ›Du bist, scheint mir, wieder einmal total besoffen. Du siehst doppelt oder träumst, erkennst nicht einmal, daß du neben mir im Bett liegst? Am Ende möchtest du dich selber erschießen.‹ Der Bauer, wahrhaftig, zögerte ein bißchen, schwankte, wischte sich über die Augen, vor denen alles zu verschwimmen schien, sackte plötzlich, bevor er den Abzugshahn betätigen konnte, wie ein nasser Kartoffelsack vor dem Bett zusammen und begann bewußtlos zu schnarchen, auf der Stelle. Könnt ihr euch vorstellen, wie mir zumute war?«

Die versammelten Wengtiner schienen darüber unterschiedlicher Meinung. Mutzkopp äußerte seine Freude, daß Sperlingsschlucker mit dem Leben davongekommen war. Koss und Kuttel lagen mehr die Belange der Bäuerin am Herzen. Sie gingen aufs Ganze. »Ihr wart jetzt ungestört. Was passierte, heraus mit der Wahrheit, sprich!«

Sperlingsschlucker schneuzte sich, ein leises Zittern lief über seinen Rücken angesichts der lebhaften Erinnerung: »Ich werde euch nichts verschweigen. Die Bäuerin, ich nehme es auf meinen Eid, öffnete die oberen Knöpfe ihrer Nachtjacke, sprach: ›Wir befinden uns allein im Bett, ungestört vom Bauern. Zum Lohn für die glückliche Entwicklung kannst du dir nu nehmen, was dein Herz begehrt.‹«

Die Landstreicher versanken darauf in tiefsinniges Schweigen. Jeder malte sich unter Anstrengung aus, was er sich gewünscht hätte. Erbarmung.

Sperlingsschlucker erhob sich, schritt zum Feuer, rührte im Schmorkohl und übergoß den Braten mit Wasser. Er wurde knusprig und braun. Endlich sprach er mit fester Stimme in die knisternde Stille hinein: »Es kam für mich, ohne Frage, als Preis für die Errettung nur in Betracht das Ganterchen.«

Hühnerfühlen, nichts weiter

Es ist kalt hier und Schnee, aber froh ostpreußisch ...«, schrieb Joachim Ringelnatz in einem
Brief von Königsberg aus. Feste wurden wie Natur-
ereignisse hingenommen, sie dauerten oft tagelang, ja
wochenlang. Ein besonderer Anlaß war nicht nötig, außerdem gab es Familienfeste, Geburtstag hatte immer
einer, Hochzeiten, Kindstaufen, Begräbnisse. Die gar
nicht stille Totenfeier ging auf den altpruzzischen
»Zarm« zurück, den Abschied aus dem Kreis der Leben-
den mit Tanz und Trunk. In der folgenden Begebenheit
ist keine Rede davon, im Gegenteil.
Bei der ostpreußischen Hochzeitsgesellschaft zeigten
sich am dritten Tag unübliche Anzeichen von Erschöp-
fungszuständen. Die Brautmutter setzte zur Abwechslung und Wiederbelebung der Gäste in der Speisenfolge
auf Eiergerichte. Blondgezopfte Marjellchen in bestick-
ten, weißen Schürzen trugen auf großen Tabletts Eierfri-
kassee auf, Rühreier mit Speck und Pilzen, Eier auf Her-
zoginnenart nach dem Doennigschen Kochbuch, Eier-
kroquettes. Gefüllte Eier sollten Durst auf weitere Pillkaller machen, Liköre, ein Schlubberchen Meschkinnes
zur Verdauung sowie, leicht zu erraten, auf Eierkognak.

Das blasse, spachheistrige Jungchen aus der Stadt, von Tilsit mit den Eltern auf das flache Land angereist, saß am Ende der festlich geschmückten Tafel, starrte auf seinen Teller, angefüllt mit verlorenen Eiern in Sauerampfersuppe, schüttelte sich.

»Was ist Jungchen, hast du keinen Hunger mehr?«

»Hunger schon, aber mich eiert nich weiter.«

Die neben ihm huckende Tante Berta aus Wehlau nötigte ihn, sagen wir mal so, vergebens.

»Bist du krank?«

»Das möchte ich nicht gerade behaupten.«

»Was fehlt dir denn?«

»Ich habe bloß eine Frage.«

»Heraus damit, bitte schön.«

Das Jungchen bekam aus unerklärlichen Gründen feuchte Hände, riß die Glubschaugen weit auf. »Gestern, Tante Berta, hörte ich nach der Trauung das Bräutigamchen zu seiner Braut sagen: ›Komm, wir verschwinden bei Gelegenheit und gehen Hühnerfühlen‹. Erklärst du mir, was das ist: Hühnerfühlen?«

Im Nu lief Tantchen im ganzen Gesicht rot an, zischte: »Wirst du wohl brav sein und essen! Mit vollem Mund spricht man nicht bei Tisch.«

»Ich esse überhaupt nicht. Aber warum müssen die beiden in der Scheune verschwinden, um Hühner zu fühlen, wie sie sagen? Warum die Heimlichkeiten von Eheleuten nach der Trauung?«

Tantchen hielt erschrocken die Hand vors Gesicht, bemühte sich leise zu sprechen: »Deine Phantasie geht wie ein wilder Kunter mit dir durch. Zum Hühnerfühlen geht man nicht ins Heu, das heißt, wenn sich Lorbasse und Marjellchen in der Scheune oder auf der Lucht verstecken, dann bestimmt nicht zum Hühnerfühlen. Überhaupt hat das mit Aufklärung nuscht zu tun, du bist ein frühreifer Lorbaß, ich möchte mir solche Dreibastigkeiten gegenüber Erwachsenen verbitten. Was ich damit sagen will ist, daß ›Hühnerfühlen‹ eine ostpreußische Redensart ist, die nichts weiter besagen will.«

Von der anderen Tischseite mischte sich Onkel Dagobert in das Gespräch ein, seines Zeichens Studienrat am Gumbinner Gymnasium. »Mir gefällt nicht die Art und Weise, liebe Berta, wie du die Wißbegier eines aufgeweckten ostpreußischen Jungen erstickst. Von einer bedeutungslosen Redensart möchte ich jedenfalls nicht sprechen. Eher von einer Metapher. Das ist eine bildhafte Übertragung. Auf Grund eines Vergleichs wird ein konkreter Begriff auf einen abstrakten übertragen.«

»Ich weiß, Dagobert, daß man einen Vorgang, den man zwar mit einem Begriff belegen kann, besser in ein Bild umsetzt. Schließlich bin ich ebenfalls zur Schule gegangen. Du meinst eine Allergie.«

»Allegorie, Liebste, Allegorie heißt die sinnbildliche, gleichnishafte Rede.«

»Das Jungchen begann am Leibe zu zittern. »Mir wird ganz schwiemelig im Deetz, Tantchen, am End' werd ich kotzen.«

»Reiß dich zusammen und halte dir ein Taschentuch vor den Mund. Wäre ja noch schöner, das gute Tischtuch zu bekleckern.«

Ihr lauter gewordener Ton weckte das Interesse eines schnauzbärtigen Rittmeisters a.D., der sich im Ruhestand der Zucht von Trakehnern für die Kavallerie widmete. »Beschält wird bei uns doch alle Tage. Die Natur nimmt ihren Lauf. Was soll dabei sein? Laßt mir das

Jungchen in Ruhe, eine Hochzeit ist wie eine Beerdigung, sowas nimmt alle mit. In Perschellen haben sie einen überzeugten Junggesellen mit einer alten Jungfer verkuppelt. Als das Brautpaar die Kirche betrat, stöhnte aus der Zuschauermenge eine Stimme: ›Ach Gottche, jetzt bringen se ihm‹. Aber ein echter Pferdeliebhaber nimmt selbst kleine Macken nicht krumm oder tragisch. Als ein Kopscheller einem Bauern ein von der Kavallerie ausgemustertes Pferd andrehen wollte, das auf einem Bein lahmte, zögerte der Landwirt. ›Aber bedenken Se doch‹, sagte der Händler, ›de Sache steht dreij zu eijns! Dreij Beijne des Färdes sind kernjesund, und bloß dat eijne is ee bißche perdu.‹«

Der Rittmeister lachte dröhnend, seine Bartspitzen wippten auf und ab, die halbe Tafelrunde blickte neugierig zum Ort des Geschehens herüber.

Der Hausherr rief querbeet: »Was ist dort hinten los? Höre ich von einem Vergleich zwischen einer Trakehner Stute und einer Braut? Wir möchten von Wippchen und Schabernack ebenfalls etwas abbekommen.«

»Nichts weiter«, wehrte Tante Berta verlegen ab, »wir erklären dem Stadtjungchen bloß, was Hühnerfühlen ist.«

Der in Königsberg bei Professor Konrad Lorenz studierende Student griff spontan ein: »Das ist mein Fach, eine Frage der Biologie und Verhaltensforschung, mein Metier, wenn ich so sagen darf. Im Mittelpunkt des Interesses steht das Ei zahmen Geflügels. Seine Bestandteile sind Wasser, Salz, Eiweiß, Fett, Milchzucker und Ergänzungsstoffe, Vitamine, Farbstoffe. Die Verdaulichkeit des Eis hängt von der Art der Gerinnung ab und in welcher Zubereitung sowie Menge es genossen wird.

Mythen verschiedener Völker sehen im Ei das Symbol für die Erschaffung der Welt ...«

»Glumskopp! Aufhören!« riefen die ersten Tischgäste.

»Ich bitte um etwas, wenn es gestattet wird, Geduld. Ich frage die anwesenden Gäste, sämtlich, warum in Ostpreußen angesichts des großen Hühnerbestandes so häufig Kiebitzeier und Möveneier verzehrt werden? Nun, ich werde das Geheimnis lüften, vor allem, weil viele frei herumlaufende Hühner ungezählte Eier unter Büschen, in Hecken und Strohhaufen auf Nimmerwiedersehen verlegen. Das ist das, philosophisch gesprochen, Problem.«

»Dunnerlittchen.« Der Hausherr klatschte sich auf die Schenkel. »Nun wissen wir es ganz genau. Ich für meinen Teil schicke jeden Morgen vor Sonnenaufgang unsere Mathilde in den Hühnerstall zum Hühnerfühlen. Wie sie das macht, kann ich allerdings auch nicht genau sagen.«

Die Hochzeitsgesellschaft begann laut zu krakeelen. Ein angeheirateter Zahnarzt empfahl sich als Experte, sprach von rektalen Untersuchungen, jede Henne werde einzeln von hinten mit einer Stallaterne angeleuchtet.

»Von wegen«, empörte sich eine Verwandte dritten Grades, »an uns Frauen bleibt es hängen, persönlich mit der Hand dazwischen zu fahren.«

Ein stiller Beobachter der Szene lächelte mild. Er war für seine Belesenheit bekannt. »Das Ganze ist eine literarische Frage und kennzeichnend für den Charakter der Ostpreußen. Sie sind sparsam und möchten nicht, daß ein Ei verloren geht. In Schwaben spricht man von Entenklemmern, die den Tieren das Hinterteil mit einer Wäscheklammer zuklemmen sollen, bis sie ihr Ei ordnungsgemäß abgelegt haben. In gewisser Weise ist auch Geiz im Spiel. Ich sehe geistige Bezüge zu Molière und seinem Stück ›Der Geizige‹, das von einem schwäbischen Literaten übersetzt und auf die Bühne ...«

Am Hochzeitstisch überschlugen sich lautstarke Stimmen. »Deibel nochmal, warum sagt niemand offen, daß den Hennen von hinten in den After gefahren wird?«

»Wirst du wohl aufhören, so unanständig an einer geschmückten Festtafel zu reden!«

»Kann mir jemand sagen, wie ein Huhn von hinten aussieht?«

»Sehr einfach, da ist ein Loch.«

»Was heißt ein Loch? Sogar ein Hund hat zwei und legt keine Eier.«

»Schmutzige Eier aus einem Loch würde keiner essen.«

»Ich plädiere für drei Löcher, ein Stadtloch, ein Landloch, eines für Exkremente.«

»So kann nur ein dreidammliger Pomuchelskopp reden.«

»Ich werde dir helfen, dreibastig zu werden«, sprach ein Gnuspel von Mensch, warf mit Raderkuchen um sich.

Im Nu ergriffen die Gäste harte Eier, schleuderten Salzgurken, Karbonade, Königsberger Klopse, spritzten mit Schmand um sich. Klirrend gingen Gläser zu Bruch, Flaschen sausten durch die Luft, sommersprossige Lorbasse katapultierten Mandeln und Haselnüsse von Torten in die Menge. Als die ersten Stuhlbeine durch die Luft wirbelten, peeste ein Marjellchen plinsend ins Freie, den Arzt, Dorfgendarmen sowie, für alle Fälle, das Pastorchen zu holen.

Abseits, aus einer geschützten Ecke, betrachtete Großmutter, seit Jahren schwerhörig, den Tumult. Sie zog

ihren Enkel auf den Schoß. »Erbarmung. Ich habe lange nicht eine so gemütliche Hochzeit erlebt. Was ist passiert, Jungchen?«
Dicke Tränen kullerten aus seinem verplinsten Gesicht. »Nuscht, Großchen. Ich habe bloß gefragt, was ›Hühnerfühlen‹ ist.«

Schule für Lorbasse

Vielleicht, liebes Leserchen, denkst du so. Es ist nicht einfach, die richtige Erziehung für Kinderchen in der Schule herauszufinden. Soll es streng zugehen oder liebevoll, ist es besser, sie zu disziplinieren oder frei herumlaufen zu lassen? Eltern fragen sich dies und das, Lehrer probieren es so oder so und die Schulobrigkeit sorgt sich ihrerseits, daß alles seine Richtigkeit hat. Im Zweifelsfall setzt sie eine Visitation beim Lehrer an.

Oberschulrat Dr. Hinz nahm den Referendar Kaludrigkeit zur Seite und sprach im Lehrerzimmer, unter vier Augen, folgendermaßen zu ihm: »Wie Sie wissen, Herr Referendar Kaludrigkeit, hat unsere moderne Schule den Steuerzahler Millionen in harter Währung gekostet. Dem Staat ist nichts zu schade, wenn es um die Erziehung der Kinder geht. Grundschüler sind die Zukunft der Bundesrepublik Deutschland. Sie werden im Jahre 2000 die Renten erarbeiten müssen, die wir heute den Bürgern versprechen. Darum müssen wir auf strenge Einhaltung der Lehrpläne achten. Dies zu überprüfen, veranstalte ich bei Ihnen eine Visitation in der Unterrichtsstunde, die Sie auf der Stelle halten werden.«

Referendar Kaludrigkeit bot seinem Vorgesetzten erst einmal einen Stuhl an. Anschließend beteuerte er, wie sehr er sich freue, visitiert zu werden, weil er sich lebhaft an einen Vorgang erinnere, der sich zutrug, als er selbst im zweiten Schuljahr war. In der einklassigen Volksschule zu Karpönen, unweit von Trakehnen gelegen.

»Ah, ja?« machte Oberschulrat Dr. Hinz, er räusperte sich gewissermaßen amtlich.

»Ich verspreche Ihnen, Herr Oberschulrat, die Schulaufsicht hatte es schon immer schwer, nicht nur wegen ihrer großen Verantwortung für die Schuljugend und die Zukunft Deutschlands, sondern auch wegen der beschwerlichen Anfahrtswege durch knietiefen Lehmschlamm oder mannshohe Schneewehen, wenigstens in Ostpreußen. Und die Schüler liefen unter der Bezeichnung Lorbaß, wenn Sie gestatten.«

»Lorbasse? Unser Problem heißt Disziplinschwierigkeiten!«

Referendar Kaludrigkeit, noch nicht fest in den Beamtenstand übernommen, beeilte sich zuzustimmen. Er möchte nicht widersprechen, nur, das solle kein Einwand sein, habe man mit den einklassigen Volksschulen auch seine liebe Not gehabt, jedenfalls habe man die in der Bundesrepublik Deutschland sogenannten Zwergschulen abgeschafft, zu bekämpfen einen womöglichen Bildungsnotstand.

Oberschulrat Dr. Hinz wußte Bescheid. «Stimmt. Aber was war denn eigentlich so fürchterlich an den Zwergschulen, daß sie abgeschafft werden mußten? Ich gestehe, daß ich den Grund im Augenblick vergessen habe.«

»Wenn Sie gestatten, Herr Oberschulrat, könnte ich

den Zustand am Beispiel einer Visitation in der einklassigen Volksschule in Karpönen beschreiben?«

»Gut, gut, aber machen Sie schnell, Ihre Stunde fängt bald an.«

Kaludrigkeit hub folgendermaßen an bedächtig zu erzählen: »Ich besuchte das zweite Schuljahr der einklassigen Volksschule in Karpönen, es war ungefähr im Mai oder Juni, ein ziemlich heißer Tag. Der Lehrer hatte das zweite Schuljahr auf sein Feld geschickt, zu sammeln Kartoffelkäfer von den Blättern, als seine Haushaltshilfe, ein dralles Marjellchen, zu uns gerannt kam und außer Atem sprach: ›Du mußt, Kaludrigkeit Karl-Heinrich, sofort kommen mit dem zweiten Schuljahr in die Klasse, weil gekommen ist der Schulrat zur Visite und niemand ist vorhanden, ihm vorzuführen als Schüler.‹ Das zweite Schuljahr, es bestand aus fünf Schülern, drei Mädchen und zwei Jungen, wir rannten, verdeckt von Büschen, zurück zur Schule und nahmen, gewaschen unter der Pumpe von unten bis oben, Platz auf den Bänken. Ich selbst begab mich in die gute Stube, wo saßen der Herr Schulrat und der Herr Lehrer und aßen Bratklopse, zu melden das Vorhandensein des zweiten Schuljahrs.

Unser Lehrer nickte beifällig und sprach zu seinem Vorgesetzten: ›Wie ich schon sagte, Herr Schulrat, es wird alles geregelt sein, wie es sich gehört. Es ist gut, Kaludrigkeit Karl-Heinrich, du kannst dem ersten Schuljahr anordnen, in der Fibel über das Haushuhn zu lesen. Der Herr Schulrat wird inzwischen von der frischen Sülze probieren.‹ Die Frau Lehrerin trug soeben eine große Schüssel mit Schweinesülze auf, gemacht aus gesäuberten Schweineohren und Schwänzchen, dazu einen Haufen gebratenen Speck mit Bratkartoffeln. Das Gesicht des Schulrates nahm einen verklärten Glanz an. Das pädagogische Werk, so meinte er, werde nach einem guten Frühstück seinen Fortgang nehmen. Er sei sicher, daß das erste Schuljahr bald über das Haushuhn Bescheid wissen werde, denn, in Übereinstimmung mit Pestalozzi, lägen ihm die Kleinsten besonders am Herzen.

Der Lehrer, zu mir gewandt, sprach: ›Du hörst, Kaludrigkeit Karl-Heinrich, aus hohem Munde, daß die Vermehrung des Wissens auf der Welt keinen Stillstand duldet. Tu' jetzt, wie ich geheißen.‹

Mir schien, er zwinkerte mir heimlich zu, des Umstandes eingedenk, daß sich das erste Schuljahr gar nicht in der Klasse aufhielt, war es doch eingeteilt, im Gärtchen des Lehrers Blumen zu gießen und Unkraut zu jäten. Auf mein Drängen unterbrachen die vier Schüler murrend ihre muntere Beschäftigung und begaben sich auf ihre Sitzbänke, aufzuschlagen pflichtbewußt die Seite über das Haushuhn in der Fibel. Ich begab mich erneut in die gute Stube, zu melden dem Lehrer die Vollzähligkeit des ersten Schuljahrs.

›Störe den Herrn Schulrat nicht weiter. Wie du siehst, probiert er sofort den Schmandschinken, der bei uns genossen sein will mit Salzkartoffeln und grünem Gurkensalat mit Schmand in Ruhe. Danach wird alles geregelt sein, wie es sich gehört. Gehe du Kaludrigkeit, nach dem dritten Schuljahr zu sehen, das zu lehren, wie man weiß, größter pädagogischer Kunstfertigkeit bedarf.‹

Dieser Auftrag, er war nicht leicht auszuführen; zwar bestand das dritte Schuljahr nur aus drei sommersprossigen Jungchens, dafür waren sie beauftragt, die Kühe des Lehrers zu hüten, wozu sie sich meistens über mehrere Wiesen und Gräben hinweg von der Schule entfernten. Endlich, abgehetzt, fand ich die Kühe und das dritte Schuljahr hinter einem Waldstück, am Bach, in der Nähe einer alten Weide, Flöten schnitzend aus weichem Holz. Die Kühe, sie wurden vorübergehend an Ort und Stelle angepflockt, solange das dritte Schuljahr in der Klasse benötigt wurde für die Visitation.

Meine Vollzugsmeldung nahm der Lehrer mit Befriedigung entgegen. Dann hub er folgendermaßen an: ›Ich habe, Kaludrigkeit Karl-Heinrich, dem Herrn Schulrat soeben erklärt, daß das vierte und fünfte Schuljahr unterwegs ist auf einer Exkursion, zu beobachten Bienen im freien Fluge. Gehe hin und sage, daß die Beobachtung der Natur vorübergehend unterbrochen sein soll, damit die Schüler sehen können unseren verehrten Schulrat bei seiner schweren Arbeit, in gebildeter Sprache Visitation genannt. Aber eile nicht zu sehr, weil in der Küche bruzzeln für die Obrigkeit ein paar Kartoffelflinschen.‹

Der Schulrat wischte sich mit einem großen Tuch über den Mund und sprach bedeutungsschwer: ›Vortrefflich, Herr Lehrer, wird man die Flinschen servieren mit etwas Gelee und Kaffee, bittschön?‹

Während die Kartoffelflinsen aufgetragen wurden, ging ich suchen das vierte und fünfte Schuljahr, was nicht einfach war, weil das Fremdwort Exkursion nur umschrieb den Auftrag des Lehrers, seine zweiundvierzig Bienenstöcke zu überwachen und einzufangen jeden Schwarm, sobald er sich davongemacht. Endlich, hinter einem entfernten Obstgarten, fand ich das vierte und fünfte Schuljahr auf einem hohen Birkenbaum sitzend, herunterzuholen den Bienenschwarm, welcher sich dort festgesetzt hatte in der Baumkrone. Unglücklicherweise, der Lehrer hatte für jeden eingefangenen Schwarm eine Prämie von einem Pfund frischen Honig ausgesetzt, lockte dieselbe mehr als die Aussicht, vom Schulrat visitiert zu werden, weshalb sich das vierte und fünfte Schuljahr, trotz meinem Drängen, weigerte, zurückzukommen, bevor der Schwarm eingefangen war. Naturgemäß dauert es eine Weile, bis man den mitgebrachten Strohkorb unterhalb des hängenden Bienenschwarms plaziert, an ihm geschüttelt und abgewartet hat, bis zuerst die Bienenkönigin und nach ihr der ganze Staat in das Behältnis kriechen. Einige Schüler bekamen Stiche ab, schließlich saßen sie dennoch vor dem Eintreffen des Schulrats zerstochen aber glücklich auf ihren Bänken, zu füllen gewissenhaft die Schulklasse.

Der Lehrer, erfreut meine Rückkehr registrierend, warf ein Auge auf den Zettel, den ich ihm heimlich zugeschoben: ›Das sechste Schuljahr ist mit der Sau des Herrn Lehrer zum Eber und noch nicht zurück.‹

Unser Schulmeister ließ sich nichts anmerken und sprach zum Schulrat folgendermaßen: ›Wie ich erfahre, wird alles geregelt sein, wie es sich gehört. Vorher, so denke ich, wird der Herr Schulrat etwas von einem Schwarzsauer kosten wollen, es ist zum Mittagessen vorgesehen. Weil wir eine Zuchtgans haben notschlachten müssen, jetzt ist das Gänsegekröse geputzt, vom Kopf ist vorschriftsmäßig der Schnabel abgehackt, die Augen sind ausgestochen und die Haut ist abgezogen, zu geben mit Zwiebeln, Gewürz, Majoran, nicht zu vergessen gequirltes Blut, eine vorzügliche Suppe, süß-sauer, über die Grenzen hinaus gerühmt als ostpreußische Delikatesse.‹

Der Schulrat richtete sich auf und sprach ernst: ›Die Lieblingsspeise ist mir wohlbekannt, vor allem, wenn sie mit Mehlkeilchen serviert wird und nicht mit Kartoffelklößen wie in der Memeler Gegend. Leider ist des Menschen Natur unvollkommen und nicht dazu beschaffen, aufzunehmen alle Köstlichkeiten in seinem Magen auf einmal. Daher habe ich ein paar Weckgläser und Flaschen mitgebracht, die leicht zu füllen wären von der Frau Lehrerin, ohne weitere Umstände.‹

›Dem Wunsche soll entsprochen werden‹, pflichtete der Lehrer bei, ›denn Kaludrigkeit Karl-Heinrich ist imstande, das siebente und achte Schuljahr entlang dem Lehrplan zu führen, während die Hausfrau füllen wird die Behälter mit frischem Schmand, Schwarzsauer, nicht zu vergessen ein Gläschen mit Gänseschmalz und Kleeblütenhonig, wie sich versteht.‹

Nach kurzer Überlegung fuhr er fort: ›Unterdessen kann sich der Herr Schulrat bei einer kleinen Nachspeise erholen, zum Beispiel mit Blaubeeren aus der Rominter Heide oder mit Rhabarbergrütze, wenn es gefällig ist? Danach könnte man Mohnstrietzel oder Blätterteig von Glumse zu sich nehmen, bevor man mit Marzipanstückchen beginnt. Ich verspreche, daß es unterdessen in der Pädagogik keinen Aufenthalt geben wird, denn alles wird geregelt sein.‹

Die Frau des Lehrers fuhr fort, Köstlichkeiten aufzufahren und die mitgebrachten Fläschchen und Gläschen des Herrn Schulrat zu füllen, während ich mich auf den Weg machte, das siebente und achte Schuljahr zu suchen.«

»Wo waren denn die, um Himmels willen?« warf Oberschulrat Dr. Hinz ein. Referendar Kaludrigkeit entdeckte erst jetzt, daß sein Vorgesetzter von seiner Erzählung Magendrücken bekommen hatte, indem derselbe zu knurren anfing, im Munde lief ihm das Wasser zusammen. Scheinbar ungerührt fuhr er fort: »Unglücklicherweise fand die Visitation an einem Dienstag statt, wie man weiß, dem regelmäßigen Markttag in Nowgallen. Was lag näher, als die oberen Schuljahrgänge an Ort und Stelle vertraut zu machen mit kaufmännischem Rechnen und Gepflogenheiten des Handels? So schickte der Lehrer regelmäßig Schüler mit seinen Produkten los, auf dem Markt Eier und Geflügel zu verkaufen, Schnittblumen, Butter und frische Milch in Flaschen. Manchmal gab es auch Ferkelchen oder ein flügellahmes Täubchen zu verkaufen, was dem achten Schuljahr vorbehalten blieb, bedarf es doch im Handel mit kränkelnden Tieren besonderer Erfahrung. Widerwillig brachte ich die meisten Schüler zurück in die Klasse, zurücklassend eine Wache bei den Landerzeugnissen, für die Dauer der Visitation. Der Lehrer war zufrieden und eröffnete dem Herrn Schulrat, daß nun die Visitation ihren Lauf nehme könne. Der Schulrat indessen, nach einem Blick auf die Uhr, es ging auf die Mittagspause zu, schien das Interesse an seinem Amtsgeschäft verloren zu haben, er sprach: ›Es ist, wie Sie sagen, Herr Lehrer, alles bestens geregelt, wie es sein soll. Wir haben nur, wie mir scheint, Geräuchertes vergessen. Meine Kinderchen essen am liebsten Schinken und Bauchspeck aus Ihrer Räucherkammer, ein paar Würstchen dazu werden auch noch hineingehen, wenn man richtig packt.‹

Die Frau Lehrerin eilte, dem hastig aufbrechenden Schulrat zu Gefallen zu sein, unbemerkt legte sie noch ein wenig Kochkäse mit Kümmel und geräucherte Gänsebrust in seine bereitgehaltene Aktentasche.

Zum Abschied stand die Schülerschaft fast vollzählig vor dem Schulgebäude aufgereiht, winkte dem scheidenden Schulrat, bis er mit seinem Einspänner um die nächste Wegbiegung verschwunden war, anschließend gingen sie den unterbrochenen Beschäftigungen mit vermehrtem Eifer nach.«

Nachdem die Erzählung des Referendars Kaludrigkeit so geendet, schien Oberschulrat Dr. Hinz aus einem Traum zu erwachen. Er wußte nicht, ob er solche Zustände, aus pädagogischer Sicht, paradiesisch oder Schlamperei nennen sollte. Er sprach auf jeden Fall: »Nun aber, Herr Referendar Kaludrigkeit, werde ich zur Visitation schreiten, sofort. Nichts kann mich mehr davon abhalten, heutzutage kann dergleichen nicht mehr passieren.«

»Sehr wohl«, erwiderte dieser, »der Klassenraum steht Ihnen jederzeit zur Verfügung. Die Schüler, allerdings, sind inzwischen nach Hause gegangen, weil die Stunde vorüber ist.« Und bei sich dachte er, daß sich manches im Leben verändert und manches nicht, offen lassend, ob er die schwierigen Amtsgeschäfte eines Schulrats meinte oder ostpreußische Lehrerlist.

Liebesbote in der Elchniederung

Jessica hauste hinten im Torfmoor in einer strohgedeckten Kate. Wasser blubberte in unzähligen Rinnsalen und Kanälen, friedlich an Sommertagen, bedrohlich ansteigend, wenn Schmelzwasser und Eisschollen den Wasserstand der Memel in die Höhe trieben oder Landregen vom grauverhangenen Himmel den vollgesogenen Boden überschwemmte. Die Marjellchen im Moosbruch steckten sich dann ihre Röcke hoch und zeigten barfüßig ihre Waden. Die älteren Frauen unter Kopftüchern bargen hastig ihre Geräte, luden Heu und Zwiebeln auf die Kähne, stakten nach Hause, denn niemand war gerne unterwegs, wenn es richtig pladderte. Torfstechen im schwammigen Boden wurde vorübergehend eingestellt, oft blieb nichts anderes übrig als geduldig zu warten, bis das Wasser wieder abzog. Das eine oder andere Mannche kramte Angelgerät und Fischreusen hervor, machte Jagd auf fette Schleie und Hechte mit dem begehrten Modergeschmack. Manchen genügte es einfach, Tabak zu kauen. Man verstand etwas von der Kunst, in Geduld auf bessere Zeiten zu warten. Auf einem fußhohen Erdhügel vor der Kate stand Jessica und hielt Ausschau. Der Wind, der durch die Elch-

niederung fegte, zerzauste ihr schulterlanges, kohl-
schwarzes Haar und rötete die Haut in ihrem zart geschnittenen Gesicht mit den leicht gezeichneten Bak-
kenknochen. Zu schmalen Augenschlitzen zusammen-
gezogene Lider gaben ihrem Aussehen bisweilen etwas
Herbes, wild Entschlossenes, besonders dann, wenn sie
bei Wind und Wetter ihren weichen Mund öffnete und
dreibastig gegen den Sturm anlachte. Wahrhaftig, wenn
sie Schwierigkeiten hatte, in Bedrängnis war, dann
lachte sie einfach frei heraus. Die Leute schüttelten den
Kopf und nannten sie die wilde Jessica.
Wäre es nach ihren Nöten gegangen, hätte Jessica Tag
und Nacht aus Verzweiflung laut lachen müssen. Vier
Kinderchen waren von ihr allein großzuziehen, das
Jüngste keine fünf Jahre alt, die älteste Marjell zwölf. Ihr
Luntrus von Vater hatte sich bei Nacht und Nebel da-
vongestohlen, zuerst zu den Flußfischern auf Gilge und
Ruß, den Mündungsarmen der Memel, wie man weiß.
Später musterte er in Memel auf einem Handelsschiff
als Matrose an, stieg in Pillau oder Danzig auf größere
Pötte um und schipperte nun zwischen Hongkong und
Manila auf großer Fahrt. Hatte vergessen, Jessica zu
heiraten, das Mannche Bajull, bevor ihn das Fernweh
überkam. Jetzt warteten vier hungrige Kindermäuler
auf den Ernährer und Vater, eine Mutter auf den Ge-
liebten. Jessica bohrte wie an jedem Tag ihre Blicke aus
den schwarzen Augen nach Westen in den wolkenver-
hangenen Himmel. Sie hatte die Hoffnung auf die
Rückkehr des Bajull niemals aufgegeben, warum auch,
trafen doch regelmäßig in der Woche zwei ausführliche
Briefe von ihm ein, ein unzertrennbares Band der Liebe
zwischen ihnen knüpfend. Ehrenwort, so richtig hatte

die Liebe zwischen beiden erst begonnen, nachdem der Bajull verschwunden war. Hing wohl irgendwie mit den Briefen zusammen, der Mensch vertraut geduldigem Papier oft mehr an, als er auszusprechen wagt persönlich.

Die Botenrolle übernahm, wie es seine Pflicht war, Puschke Valentin, ein lediger Briefträger im besten Saft, wie man so sagt. Er brachte gerne Post zu Jessicas Kate, scheute keine Mühe oder Umstände, bediente sich zunächst ein paar Kilometerchen lang des klapprigen Dienstfahrrads, ging dann zu Fuß bis zur Anlegestelle, machte den Kahn los und ruderte hinüber bis zum halbwegs trockenen Flecken Land. Dort erwartete ihn Jessica, barft, Rock und Haare um die Wette im Wind flatternd.

So ein Landbriefträger in Ostpreußen, Herrschaften, hatte eine Mission zu erfüllen. Briefe kamen selten welche an und geschrieben wurde überhaupt nicht, weil man sich auf dem Feld oder im Krug befand. Aber die Verbindung von Gehöft zu Gehöft wollte gehalten sein, dem Korbflechter waren Marktpreise mitzuteilen, den Kinderchen, wann die Schule ausfällt. Auch ein Tütchen Samen oder Nähgarn konnte niemand besser besorgen aus dem nächsten Dorf als der Briefträger. Nu ja, er konnte eine ganze Menge mehr. Warten wir's ab.

Puschke Valentin also sprang an einem warmen Tag aus dem Kahn, legte die Ruderstange herüber zum Ufer, den Kahn festzuhalten, und begrüßte Jessica: »Tagchen, was gibt es heute für die Post zu tun?«

»Elke hat leichtes Fieber. Sie wird einen neuen Umschlag und Tee mit Honig brauchen.«

Der Landbriefträger nickte fröhlich, zeigte lachend

seine weißen Zähne im gebräunten Gesicht und klopfte auf seine dicke, geöffnete Posttasche: »Man ist auf alles gefaßt. Sieh dir die Tasche an, Jessica, sie enthält, was der Mensch zum Leben benötigt, beispielsweise Tabletten, Verbandszeug und eine Flasche Jod. Vorne, wo Einschreibbriefe hingehören, habe ich Angelhaken und Majoran deponiert. Den Rauchspeck habe ich in die Georgine gewickelt, die Zeitung für die ostpreußische Landwirtschaft.«

»Dann möchten wir nach dem kranken Kind sehen.«

Jessica reichte dem Landbriefträger die Hand zur Begrüßung und ging ihm in die Kate voraus. Die kleine Elke lag auf ihrem Bettchen aus Schilfrohr unter einer Felldecke. Über ihr fiebriges Gesichtchen huschte ein Leuchten, als sie den Landbriefträger eintreten sah.

»Nu wird mir gleich besser. Erzählst du mir nachher wieder eine Geschichte, Onkel Puschke Valentin?«

Der Landbriefträger zog das Kind aus, wusch es, rieb den kleinen Körper ab, machte Wickel, zog frische Wäsche an, kämmte die Haare, kochte Tee von Kräutern aus dem Moor mit frischem Bienenhonig, bot Speck und Schwarzbrot zur Stärkung an und erzählte nebenbei eine Geschichte.

Elke seufzte zufrieden und schlummerte ein. Der Landbriefträger sang sie mit einem Liedchen in den Schlaf. Jessica stand hinter ihm, die Hand auf seine Schulter gelegt. Der Beamte räusperte sich leise, erhob sich behutsam und sprach draußen vor der Kate: »Bald scheint mir der Zeitpunkt gekommen, den neuen Brief von Bajull, dem Seemann, vorzulesen.«

Seine Bemerkung bezog sich auf den Umstand, daß Jessica die Briefe des Verschwundenen nicht selbst lesen konnte. Im Augenblick schien sie vordringlichere Probleme zu haben. Jessica deutete auf den leeren Platz vor der Katenwand: »Das Brennholz ist ausgegangen, Liebesschwüre können, wenn es um warme Suppe geht, warten.«

»Man wird ein Klafterchen kleinhacken«, versprach der Landbriefträger, »Liebe bedeutet auch in kleinen, alltäglichen Dingen zusammenzustehen. Vielleicht steht etwas darüber im Brief geschrieben.«

»Darauf hätte der Luntrus Bajull ein bißchen früher kommen sollen«, Jessica bekam funkelnden Glanz in den Augen, »dir, Jungchen, danke ich auf jeden Fall. Ich besorge inzwischen etwas zu essen und zu trinken.«

Der Landbriefträger zog seine Jacke aus, hackte mit wuchtigen Schlägen Holz. Jessica betrachtete wohlgefällig seinen kräftigen Oberkörper und die muskulösen Arme. Nach einem Stündchen ungefähr lag ein hübsches Häufchen Holz sauber gestapelt vor der Tür. Jessica kam mit einem Pillkaller, worunter man sich klaren Schnaps mit einer Scheibe Leberwurst und einem Klacks Mostrich obenauf vorstellen möchte, sowie einem Stück geräuchertem Aal. »Man kann dazu auf den Baumstümpfen Platz nehmen, bitte schön.« Sie hatte sich eine leuchtende Moorblume ins Haar gesteckt, bewegte sich weich und stolz wie eine Katze. Ihre Zuneigung zu dem Landbriefträger Puschke war nicht zu übersehen. Womöglich aber galt sie bloß den Briefen, die er von Bajull, dem Luntrus, überbrachte? Wer weiß.

Puschke Valentin machte zu diesem ungeklärten Sachverhalt ein undurchdringliches Gesicht, verzog keine Miene, wenn er von glühenden Butschkes und leidenschaftlichen Umarmungen vorlas. Diesmal prostete er Jessica zu, zog ein beschriebenes Blatt Papier aus seinem Fuppchen, atmete zweimal tief durch und hub an: »Laß uns, Jessica, nach dem Pillkaller von etwas Höherem sprechen. In der heutigen Post lese ich zum Beispiel etwas über die Schönheit der Frau. Bajull, der Matrose, geht auf die alle Welt bewegende Frage ein, ob eine Frau erst durch die wahre Liebe schön wird oder ob umgekehrt ...«

Jessica sprang in die Höhe. »Hast du nicht gehört, Puschke Valentin?«

»Was ist los?«

»Unsere kleine Fetja schreit um Hilfe. Sie paßt auf unsere Kuh Olga auf. Sie beginnt zu kalben. Leg den Brief weg und hol die Sachen.«

Der Landbriefträger rannte in den Holzschuppen, holte Stricke, eine überflüssige Stallaterne, trockenes Stroh zum Abreiben und rannte zurück an den Ort des Geschehens. Jessica zog bereits mit Leibeskräften, von Fetja unterstützt, an den Beinen des zum Vorschein kommenden Kälbchens. Nach einem Weilchen Schwerstarbeit war es geschafft. Die Kuh leckte ihr Junges ab, der Landbriefträger wusch sich die Hände. Jessica bedankte sich, steckte ihre Haare auf. Zu Wort kamen sie nicht. Denn Alexandra kam gepeest, dicke Tränen liefen über ihre Wangen, von weitem rufend: »Kannst du meine Fischreuse flicken, Onkel Puschke?« Nach einem halben Stündchen ungefähr war das Gerät repariert, ferner eine Forke mit einem neuen Stiel versehen, das Butterfaß abgedichtet. Der Landbriefträger packte Draht, Zange und Hammer zusammen, feierlich sprechend: »Ich werde dir nu, Jessica, aus dem Brief des

Bajull vorlesen. Er schreibt, die Liebe bindet zusammen wie Ketten nicht. Wie gefällt dir der Satz?« setzte er erwartungsvoll hinzu.

»Ohne weiteres bedeutend«. Jessica kam auf den Landbriefträger zu, stellte sich dicht vor ihm auf, sah ihm tief in die Augen und fuhr fort: »Aber findest du nicht, daß man eine Henne einfangen und schlachten sollte? Mit vollem Magen läßt sich besser über die Liebe grübeln, in Gemeinsamkeit.«

»Alles braucht seine Zeit«, sinnierte Puschke Valentin, nur will mir scheinen, daß durch eine Hühnersuppe Leidenschaft auf eine lange Geduldsprobe gestellt wird.«

»Du könntest inzwischen Fetja bei ihren Schulaufgaben helfen.«

Die Marjell saß vor ihrer Schiefertafel und plinste. Der Landbriefträger ging zu ihr und versuchte sie zu beruhigen. »Welche Aufgaben haben wir heute auf, Fetja?«

»Wörter aus einer fremden Sprache übersetzen.«

»Welche zum Beispiel?«

»Zwiebel. Hast du eine Ahnung, was das ist?«

»Wir sagen Zippel. Du kennst sie von Hering mit Schmand und Zippel.«

»Und was bedeutet Kohl, bitteschön?«

»Kumst, im Fäßchen gehalten und genossen mit Fleisch vom Schwein oder Geräuchertem.«

Fetja schüttelte sich angewidert. »Eine seltsame Sprache. Wie heißt sie, wo kommt sie her?«

»Hochdeutsch sagt man dazu. Sie wird von gebildeten Leuten in Städten westlich der Weichsel gesprochen.«

Die Marjell brach in ihrer Verzweiflung den Griffel durch. »Dann werde ich die schwierigste Aufgabe nie lösen können. Es ist«, schluchzte sie, »ein Beispiel für Delikatessen aus Ostpreußen zu nennen.«

Puschke Valentin kratzte sich verlegen am Ohr. Später hellte sich sein Gesicht auf. »Warte ein Weilchen, gleich wird man's haben. Dunnerlittchen, ja. Du kennst doch Krajebieter?«

»Ei ja, die Fischer auf der Kurischen Nehrung, die Krähen fangen, ihnen in den Kopf beißen und sie schmerzlos töten?« Nachdenklich puhlte sie mit dem Finger in der Nase, erkundigte sich philosophisch: »Wird ein Tier zur Delikatesse, wenn es in den Kopf gebissen wird?«

»In diesem Falle unbedingt. Im Königsberger Hotel Continental in der Vorstädtischen Langgasse beispielsweise gelten Nebelkrähen als Leckerbissen und Spezialität des Hauses. Du kannst dir kaum vorstellen, Fetja, wie versessen Touristen und Reichsdeutsche darauf sind.«

»Unser Lehrer hoffentlich auch. Mir ist jedenfalls ganz schwiemelig.«

Der Duft der Hühnersuppe wehte herüber.

»Laß dir ruhig Zeit«, rief der Landbriefträger munter, »und spute dich nicht zu sehr mit der guten Suppe. Ich habe bloß ein Telegramm auszutragen.«

»Vom vorigen Monat liegt auch noch eines ungeöffnet auf den Weckgläsern«, rief Jessica aus dem Kellerloch, wo sie nach sauren Gurken suchte, »bevor du gehst, mußt du mir noch ein paar Zeilen von Bajull, dem Matrosen, vorlesen.«

Puschke Valentin war einverstanden. Vor dem Essen holte er die Schafe von der Weide, sperrte sie in den Pferch. Er trug Wasser in Eimern und füllte den Bottich in der Kate voll. Jessica holte Schüsseln und Holzlöffel zum Essen.

»Sobald du die Kinderchen gewaschen hast, Puschke Valentin, können wir essen in Ruhe, sofort.«

Geduldig wusch der Landbriefträger Elke die Ohren, putzte ihre Nase, rubbelte Fetjas Füße, entfernte Alexandra Teerflecken vom Bein und und zog dem Lorbaß Ilja Splitter aus den Fußsohlen. Endlich saßen sie gemütlich um den Tisch versammelt und löffelten genüßlich Hühnersuppe, Jessica, Alexandra, Fetja, Ilja, Elke und der Landbriefträger Puschke Valentin.

Der Abend senkte sich über die Elchniederung. Jessica steckte die Kinderchen zuerst in Leinenhemdchen und dann ins Bett. Der Landbriefträger warf Holzscheite in das offene Feuer. Flammen züngelten auf und Funken stiebten. Jessica kehrte mit frisch gebürstetem, gelösten Haar zurück, setzte sich auf die Erde zu Füßen des großen Jungchens und schlug die Augen nieder: »Die Zeit dürfte gekommen sein, den Liebesbrief anzuhören im ganzen.«

Der Landbriefträger nahm sozusagen dienstliche Haltung an, fuhr mit dem Finger auf dem Papier entlang, blieb an einem Fettfleck hängen: »Über den Charakter von Mann und Frau hat man am Vormittag bereits einiges vernommen. Ich habe mir hinter das Wort ›Leidenschaft‹ ein Lesezeichen gesetzt. Soll ich nu mit der ›Treue‹ fortfahren?«

»Wie du meinst, Puschke Valentin«.

Jessica lauschte seiner warmen, männlichen Stimme. Der Brief behandelte ein Beispiel aus der Literatur. In einem Drama des Heydekruger Dichters Hermann Sudermann schickte sich die Heldin in aussichtsloser Lage an, sich in die Memel zu begeben, bis das Wasser über ihrem Kopf zusammenschlug. Der Landbriefträger war von dem Vorgang so ergriffen, daß er innehielt und sich über die feuchtgewordenen Augen wischte. Ahnungsvoll sprach er: »Du wirst, Jessica, ein ähnlich schreckliches Ende in der Gilge nehmen, wenn sich der Luntrus von Bajull nicht bald blicken läßt. Ich für meinen Teil kann die Trennung nicht länger mitansehen.«

Jessica seufzte tief auf, rückte ihm ein Stückchen näher. »Du bist ein herzensgutes Jungchen, Puschke Valentin, das ist im postalischen Zustellungsgebiet bekannt. Das Schicksal jenes Madamchens werde ich nicht erleiden, weil du hilfst, wo du kannst. Nur eines begreife ich allerdings nicht ...«

»Wovon ist die Rede, Jessica, sprich?«

»Warum du, Flunder und Majoran, deine Dienststellung benutzt, mich hinters Licht zu führen?«

Der Landbriefträger erbleichte sichtlich im Feuerschein und stotterte: »Da soll mich doch einer beim Elchreiten in Gumbinnen ertappen. Ich verstehe kein Wort.«

Jessica saß ihm jetzt fast auf dem Schoß und strich ihm die Haare aus der Stirn. »Ei nu, allgemein ist bekannt, daß der Bajull so wenig schreiben konnte wie ich. Anfangs habe ich angenommen, er habe anderen Matrosen diktiert. Später wurde mir klar, daß so zu Herzen gehend nur ein Mensch schreiben kann ...«

Der Ertappte errötete bis in die Zehenspitzen. »Ich habe es, Jessica, nur gut gemeint mit dir.«

Die Marjell legte die Hände hinter ihrem Kopf zusammen, beugte sich mit dem Oberkörper vor und flüsterte in sein Ohr: »Ich weiß längst, Puschke Valentin, was du für mich fühlst. Es möchte die wahre Liebe sein. Würde sich sonst ein Mensch soviel Mühe machen, Liebesverse und Sprüche aus Literatur oder dem Ostpreußenkalender zusammenzusuchen? Die schönsten Stellen, scheint mir, hast du aus dem Doennigschen Kochbuch oder aus der Georgine abgeschrieben.«

»Unsereiner kann nicht so ausdrücken, was er empfindet. Die hohen Herren von Kunst und Wissenschaft, dachte ich, und weil Liebe auch etwas mit Biologie und Kochkünsten zu tun hat, mit einem Wort ...«, er verhaspelte sich und schwieg.

Darauf erhob sich Jessica, stellte sich verführerisch vor ihn hin, das lange Haar fiel von der Schulter, sie lachte wild: »Dann frage ich dich, Landbriefträger und Liebesbote der Elchniederung und vom Großen Moosbruch Puschke Valentin, warum wird das Theater nicht beendet, sagen wir durch eine Heirat in Kürze?«

Sie küßten sich lange und ungestört. Im Moor quakten Poggen. Das Feuer verglühte, weil niemand Holzscheite nachlegte. Erst lange nach Mitternacht, der Vollmond war aufgegangen, bestieg unser Landbriefträger seinen Kahn, den Dienst nach der kurzen Unterbrechung fortzusetzen. Das altverstaubte Telegramm vom Weckglas nahm er diesmal mit, damit es bei der Postbeförderung keinen weiteren Aufenthalt gab.

Lauter Unschuld vom Lande

Schweig still, Marjellchen«, zischte die in alte Koddern gehüllte Wahrsagerin durch die Zähne, »ich weiß über alles Bescheid.« Sie kauerte unter dem Blätterdach einer uralten Eiche am schimmernden Wasser des Wystiter Sees. So ähnlich mußte es in pruzzischen Eichenhainen zugegangen sein, wenn Seherinnen, Tulissonen und Ligaschonen, die Zukunft voraussagten, Wunden und Krankheiten heilten, Waldläufern, Honigsammlern und Bärenjägern faule Zähne zogen. Sie brauten aus Kräutern einen Zaubertrank, so ist überliefert, peserten leidenschaftlich, die ewige Flamme der Opferfeuer vor dem Erlöschen zu bewahren. Der Wunsch, einen Blick in die Zukunft zu werfen, womöglich an einem Schicksalsrädchen zu drehen, hat sich bis in die Gegenwart lebendig erhalten. Zur Freude gewitzter Hausfrauen, die mit Hilfe von Kartenlegen, Glaskugeln oder Bleigießen ihre Wirtschaftskasse auffüllen, ratlosen Politikern, Managern Horoskope stellen. Ihnen geschieht recht. Bevor wir in Gedanken weiter abschweifen, Herrschaften, kehren wir lieber an das sanfte Ufer des Wystiter Sees zurück, in Nordostpreußen, nahe der Grenze zu Litauen, gelegen.

Julia, das junge Mädchen, ihr langes Haar war artig zu dicken Zöpfen geflochten, staunte stumm. Aus Nebelschwaden über dem ruhenden, spiegelglatten See schienen Wassergeister emporzusteigen, Laumen, Dienerinnen der pruzzischen Schicksalsgöttin Idima. Gebannt verfolgte sie das Geschehen vor ihren Augen. Die Wahrsagerin huckte in sich zusammengesunken und in eine dunkle Wolldecke als Überwurf gehüllt, das Gesicht von einem Tuch verborgen, auf einem Baumstumpf. Ihr Blick fiel durch einen schmalen Sehschlitz, starr auf einen verbeulten Kessel auf einer Feuerstelle am Boden gerichtet, in dem es geheimnisvoll wallte und brodelte. Auf ihrer linken Schulter saß, die Füße mit einer Schnur festgebunden, eine alte Eule, die Augenlider heruntergeklappt. Von Zeit zu Zeit warf die Wahrsagerin Eichenblätter, Krähenfedern, Mäusezähne in den Sud, verrieb mit den Fingern getrocknete Rosenblätter zu Pulver, zerriß einen alten, vergilbten Ostpreußenkalender mit Sprüchen in kleine Papierschnipsel, die sie dreibastig in den Wind warf. Im Gras glubschten Kröten, seit Vorzeiten Sinnbild für Gesundheit, Helfer gegen Krankheit und Schmerz, stur vor sich hin; gewöhnliche Poggen fingen Fliegen und Mücken, Blindschleichen schlängelten durchs Gras, kümmerten sich nicht weiter um die beiden Frauchen. Die Zeit ging, was blieb ihr übrig, dahin. Wollte das Weiblein warten, bis der Mond aufging, den die alten Pruzzen neben Sonne und Sternen verehrten? Ab und zu gab sie krächzende Laute von sich, es hörte sich an, als wollte sie die Hauptgötter Perkunos, Potrimpos und Pikollos anrufen. Nach einem schiefen Blick auf das erwartungsvolle Marjellchen beschränkte sie sich darauf, Potrimpos herbeizuflehen. In heidnischer Zeit ein lachender, bartloser Jüngling, dem ewige Jugend, untrübbare Fröhlichkeit zugeschrieben wurde. Strahlend schön, galt er als Gott der Liebe, des Lebens und der Fruchtbarkeit. Die Wahrsagerin warf kleingehackte Rinderknochen in die dampfende Brühe. »Der Geist von Potrimpos wird sich melden in Kürze«, verkündete sie zuversichtlich.

Julia schien von der Aussicht wenig entzückt. »Wegen eines Pruzzengottes aus Vorzeiten bin ich nicht hergekommen.«

»Hab' Geduld, mein Kind. In Liebesangelegenheiten will alles überlegt sein, in Ruhe. Du hast, immerhin, einen Bräutigam in Aussicht.«

»Was heißt einen? Ich habe, Erbarmung, zwei!«

Die Eule schlug erschreckt mit den Flügeln. Die Vermummte warf rasch einen Strauß Majoran in den Topf gegen das Verhängnis.

»Die beiden Söhne vom Gutshof sind Zwillinge«, fuhr Julia fort. »eineiige, nicht voneinander zu unterscheiden. Wir sind als Kinder zusammen aufgewachsen, haben gemeinsam im Sandkasten gespielt, die Schule, Tanzstunden besucht, Geburtstage gefeiert, im See gebadet. Früher haben wir uns nichts dabei gedacht, beide sind mir lieb und teuer, aber jetzt, was nu?«

»Ruhig Blut. Die Zwillinge haben verschiedene Interessen, wenigstens. Paul ist Kaufmann, wird Geschäfte mit Autos und Landmaschinen machen. Ein Stadtmensch durch und durch. Peter liebt das Leben auf dem Land, erbt den Gutshof.«

»Woher weißt du?«

»Wer ist hier die Hellseherin ...?«

Im Feuerschein schienen kleine Sperkukse zu tanzen,

freundliche Geister. Die Wahrsagerin schleuderte flache Kieselsteine in den See, sie hüpften auf der Wasseroberfläche mehrmals, bevor sie versanken.

Julia senkte den Blick, sprach leise. »Weil ich mich nicht entscheiden konnte, habe ich den Brüdern einen Wettkampf vorgeschlagen. Wer als Erster eine abgesteckte Strecke zurücklegt, den wollte ich nehmen.«

»Dir war bekannt, daß Paul in seinen Daimler vernarrt ist, Peter in seine Trakehner Reitpferde?«

»Gewiß doch. Ich hoffte auf ein himmlisches Zeichen, irgendwie.«

»Ein Autonarr gegen einen Pferdenarr. Das nenne ich ein Orakel verhöhnen, wenn der Ausgang im voraus gewiß ist.« Die Alte schüttelte mißbilligend den Kopf. »Mit der Liebe spielt man nicht. Erzähl mir, wie die Geschichte ausgegangen ist. Danach wollen wir sie vergessen, sofort.«

»Zuerst bekam Paul einen Lachkrampf, als er von dem Vorschlag hörte. Eine Pferdestärke, Trakehner hin oder her, gegen seine geballten PS-Kräfte im Motor? Das Rennen schien ihm vor seinem Beginn gewonnen. Peter erblaßte bis unter die Nasenspitze, seufzte, warf einen flehentlichen Blick zum Himmel, erkuberte sich, sprach: ›Im Leben kommt alles, wie es kommen soll. Ich bin einverstanden.‹

Die Nachricht von der Wette, an einem Sonnabend, sprach sich wie ein Lauffeuer in der Gegend herum. Stunden vor dem Termin wurde die Strecke abgesteckt, von Neugierigen aus den umliegenden Dörfern und Gehöften gesäumt. Haufenweise huckten Leute im Straßengraben, aßen Salzgurken, Schmalzstullen, häuteten fettglänzende Heringe ab, bepuhlten hartgekochte Eier. Auf sputig errichteten Feuerstellen wurden gerupfte Hühnchen und Fische gebraten. Zur Unterhaltung spielten Landstreicher Duett, Violine und auf dem Kamm. Ein pensionierter Finanzbeamter aus Insterburg, privater Wetterforscher, fuhr mit dem Fahrrad über Land, den Bauern seine Vorhersagen gegen Dittchen zu verkaufen. Von einem Misthaufen aus hielt er einen Vortrag über das Kontinentalklima in Ostpreußen. Im Sommer drohten nach seinen Worten bei drükkender Hitze überraschende Landgewitter fürchterlichen Ausmaßes. Am blauen Himmel war kein Wölkchen zu sehen, niemand, wozu auch, hörte auf ihn.

Am Startplatz beim Staketenzaun hinter dem letzten Bauerngehöft unser Dorfes standen die Rivalen, warteten ungeduldig auf das Zeichen. Das Jungchen Paul umschritt sein glänzend poliertes Automobil, klopfte mit den Schuhspitzen prüfend gegen die Reifen, zeigte sich, ohne Frage, siegesgewiß. Peter nahm auf seinem Lieblingspferd Aufstellung. Kurfürst, der edle Trakehner, war gestriegelt, frisch beschlagen, scharrte und schnaubte, war kaum mehr zu halten. Pünktlich um 12 Uhr mittags, so lautete die Verabredung, setzte der Schafhirte des Gutshofes den Böller, bumms, in Brand. Der Automobilist, manchmal scheint alles verhext, geriet anfangs in die Hinterhand. Statt loszufahren hantierte er mit Kurbeln, Schraubenziehern, Ölkannen, machte sich am Motor zu schaffen. Tat fachmännisch, als ob nur der liebe Gott und er wüßten, wie man ein Auto anspringen läßt und in Bewegung setzt.

Peter als Reiter hatte es einfacher; er flüsterte Kurfürst etwas ins Ohr, gab die Zügel frei, rief ›Vorwärts‹ und preschte unter lauten Anfeuerungsrufen der Zuschauer auf der ausgetrockneten Landstraße davon. Zurück blieb eine steil zum Himmel ragende Staubwolke.

Sein Bruder Paul hantierte immer noch, wenigstens ein Weilchen. Plötzlich begann seine Maschine wie ein feuriger Hengst zu zittern. Sputig stieg er ein, löste die Bremsen und verschwand laut hupend, ebenfalls in einer Staubwolke, aus den Augen des Startkommandos. Was soll ich von unterwegs berichten? Als Streckenposten aufgestellte Lorbasse meldeten erwartungsgemäß dies: Der Reiter wurde überholt. An der Ziellinie hatte sich eine größere Menschenmenge eingefunden in Erwartung eines hübschen Festes nach der Siegerehrung. Die Leute starrten angespannt den birkengesäumten Weg entlang bis zum Horizont, übersahen dabei die drohend aufgezogenen tiefschwarzen Wolken am Himmel, Blitze zuckten plötzlich, es donnerte, krachte, unversehens ging, Dunnerlittchen, ein Pladderregen nieder wie seit Jahren nicht.

Nach zwanzig Minuten ungefähr war das Unwetter verschwunden, so plötzlich wie es gekommen war, in Ostpreußen auf dem flachen Land nicht unüblich. Übrig blieb Wasser in Kuhlen, Gräben; der Hohlweg nach der letzten Kurve vor dem Ziel hatte sich in einen reißenden Kanal verwandelt. Das Automobil steckte im Modder, niemand wird es überraschen, fest. Die Räder drehten durch, sanken ein, es ging keinen Zentimeter vor oder zurück, der Motor heulte auf, vergebens.

Nicht viel später tauchten Pferd und Reiter auf. Peter besah sich die Bescherung, stieg ab, spannte Kurfürst mit Stricken vor das Auto. Die Zwillinge schoben nach Kräften von hinten, gelangten schweißgebadet ans Ziel, ach Gottchen, ja, gleichzeitig.«

Die Wahrsagerin kaute ungehalten auf einem Strempel Sauerampfer herum. »Eine untaugliche Veranstaltung, Julia, von vornherein, schneller zu sein ist eine Äußerlichkeit. In der Liebe kommt es auf das Inwendige an, bei Marjellchen wie Jungchen. Ich frage dich, was kann ein Abstinenzler über den Inhalt einer Flasche sagen? Rein garnuscht. Eine Flasche will angebrochen sein, um herauszufinden, was drin ist. Spreche ich richtig?«

»Durchaus, ja.«

»Hast du mich verstanden?«

»Nein, fürchte ich. Aus Alkohol mache ich mir nichts.«

»Unschuldslamm!« Ungehalten schlug sich die Alte mit der flachen Hand an den Kopf, grabschte hektisch nach einem abgebrochenen Besenstil, rührte wild im Topf, ergriff ihn dann mit bloßen Händen, peeste zum Seeufer, schüttete die dunkle Brühe über einen großen, dicken Stein, Findling aus Urzeiten. Die zähe Flüssigkeit quoll abwärts auf den Grasboden, ein unentwirrbares Durcheinander von Haaren, Zähnen, abgekochten Burreschoapskes, das sind: Tannenzapfen, Fischgräten. Fasziniert fixierte die Alte die klebrige Masse mit einem Auge, das andere, dazu ihr Gesicht, hielt sie wie Lord Nelson unter einem Kopftuch verdeckt. Sie kicherte vor sich hin.

»Was siehst du, Großchen?« wollte Julia wissen.

»Man sieht deine Zukunft, was sonst, deutlich.«

»Deswegen bin ich hergekommen. Erinnerst du dich?«

»Wahrsagen, prophezeien, strengt an, macht Appetit.« Sie warf einen begehrlichen Blick auf den Pungel, den Julia mitgebracht und neben sich ins Gras geworfen hatte.

»Du kannst alles behalten, Schinken, Speck, Eier, das Hühnchen.«

»Auf diese Weise erkenne ich deutlicher ...«

»Was, bitte schön?«

»Du wirst dich zwischen Paul und Peter, Donnerschlag, entscheiden müssen.«

»Soviel ist bekannt. Ein alter Hut. Aber welchen Maßstab anlegen?«

Die Wahrsagerin kreischte, beruhigte sich wieder, trank ein Schlubberchen selbstgebrauten Kräuterlikör, breitete die Arme über die nasse Stelle zu ihren Füßen. »Betrachte den Wasserfleck, seine Ränder.«

»Wozu soll das gut sein?«

»Dir fehlt es, Julia, an Phantasie. Die Umrisse entsprechen den Grenzen von Ostpreußen. Ich sehe eine Reise auf dich zukommen, genauer zwei. Denke an unsere Störche, Oadebare, die im Herbst an den Nil ziehen, sich paaren, Nachwuchs aufziehen, wiederkommen. Reisen bildet nicht nur. Gelegenheit macht auch Liebe. Wie findest du meinen Vorschlag, sprich!« Sie lauerte auf eine Antwort.

Julia lachte fröhlich. »Wenn es weiter nichts ist? Die Reisen durch Ostpreußen habe ich längst hinter mir. Zuerst kariolte mich Paul im Auto in alle Himmelsrichtungen, kreuz und quer durch unser schönes Land. Er liebt nun mal Städte, zeigte mir ihre Sehenswürdigkeiten, sämtlich. Wir fuhren von Tilsit über Insterburg, Gumbinnen nach Angerburg. Von da über Lötzen, Sensburg, Allenstein, Elbing, Frauenburg nach Königsberg. Dort haben wir mehrere Tage Station gemacht, fuhren an das Frische Haff, auf die Kurische Nehrung, haben die Bernsteinküste besucht, Cranz, Rauschen, Palmnicken an der Ostsee. Abends sind wir tanzen oder ins Theater gegangen, nicht zu vergessen in Königsberg der Hafen, die Universität, das Schloß mit dem Blutgericht im Weinkeller, der Dom ...«

»Hat er dir gefallen?«

»Wer? Der Dom?«

»Paul, natürlich.«

Über Julias Gesicht huschte der helle Abglanz froher Erinnerungen an glückliche Stunden. »Es war eine paradiesische Zeit, Ehrenwort.«

Die Wahrsagerin grummelte, Julia meinte einen bösen Unterton zu hören, vielleicht täuschte sie sich.

»Du hast dich also für Paul entschieden, Julia?«

»Habe ich das gesagt? Einige Zeit später haben wir, Peter und ich, zu Pferde Masuren erforscht, Städte und Menschen wurden gemieden, wir waren mit der wunderbaren, unberührten Natur und uns ganz allein. Wir lagerten am Mauer-See, Spirding-See, ruderten auf der Krutinna, in Nikoleiken haben wir den Stinthengst besichtigt. Zwischendurch haben wir geangelt, Vögel beobachtet, Schwarze Störche, Kraniche, Fischadler, Falken, Eisvögel. Auf dem Ritt nach Hause kamen wir durch die Rominter Heide, sahen Hirsche, das Jagdhaus. Den krönenden Abschluß bildete der Besuch des Pferdegestüts Trakehnen, Heiligtum der Pferde genannt.« Julias Augen strahlten, ihr Gesicht glänzte vor Freude, als sie verkündete: »Ich kann dir versprechen, es waren himmlische Tage!«

»Demnach hast du dich für Peter entschieden?«

»Wie kommst du darauf?«

Die Wahrsagerin wurde fuchsteufelswild, fuchtelte mit den Armen in der Luft herum, schleuderte Hörner eines Ziegenbocks in die Luft, stampfte mit den Füßen auf. »Kodder und Mostrich. Da hat man zweimal paradiesische Zeiten erlebt und kann sich nicht für ein Jungchen entscheiden.«

Julia lief rot an wie ein Kurr. »Ich habe mich entschieden, durchaus.«

Die Wahrsagerin atmete hörbar erleichtert auf. »Ei der Deikert. Warum dann weitere Fisimatenten? Jetzt wird nicht lange gefackelt und das Aufgebot bestellt.«

»Klar. Du mußt mir nur sagen, wie ich den besseren Liebhaber am Tage wiedererkennen soll.«

Der Wahrsagerin verschlug es die Sprache. Sie benötigte Zeit, sich zu fassen. »Hast du vergessen, was du in der Schule gelernt hast? Maler, Dichter, Autoren von Theaterstücken haben für solche verzwickten Fälle den Deus ex machina erfunden. Ich rede vom Liebesgott Amor. Der Knirps versteckt sich hinter Büschen, im Heu, sitzt auf einem knorrigen Kastanienbaum, schießt hinterhältig seine Pfeile ab und, bumms, ist öffentlich zu erkennen, wen es getroffen hat, Irrtum ausgeschlossen. Kannst du mir zustimmen?«

Julia war wie vom Donner gerührt. Zuerst leichenblaß erstarrt, kehrte allmählich Blut in ihre Wangen zurück. Ihre Augen blitzten. »Herrjehchen, daran habe ich gar nicht mehr gedacht.«

»Woran erinnerst du dich, sprich.«

»Ich habe dem einen Zwilling ein Merkmal ins Pooche eingekratzt. Ein Brandzeichen wie bei Trakehner Hengsten.« Sie klatschte erleichtert und übermütig in die Hände, nahm die Alte in den Arm, schwenkte sie tanzend im Kreis, rief so laut, daß Wildenten erschreckt flüchteten: »Nun erkenne ich Peter wieder, bei Tag und Nacht, auf jeden Fall. Es kann geheiratet werden, eine Verwechslung bleibt ausgeschlossen.«

Mit der Wahrsagerin ging eine seltsame Veränderung vor sich. Sie weinte, Freudentränen kullerten über ihre Wangen. Man kennt dergleichen, wenn Märchen, Kinofilme glücklich enden. Der verlorene Sohn kehrt heim, so in der Bibel. In Romanen wird die Kuhmagd als Adelskind entdeckt und als rechtmäßige Schloßerbin anerkannt. Ein übelriechender, wurmstichiger Apfel verwandelt sich in einen Goldklumpen. In der modernen Neuzeit wird ein mehrfacher Mörder auf Kaution, die das Sozialamt stellt, freigelassen. Ein gescheiterter Politiker wird in Frühpension geschickt und mit dem Bundesverdienstkreuz ausgezeichnet. Ein Millionär hat sechs Richtige im Zahlenlotto.

Was war in die Alte gefahren? Sie sprang auf, warf ihre Kledasche, Wolldecke, Koddern in weitem Bogen von sich. Vom Kopf zog sie sich eine Perücke mit zerzausten, fettigen Haaren, aus dem künstlich altgemachten Gesicht wischte sie sich Lehmstriemen ab. Zum Vorschein kam ein junges Frauchen, das übermütig lachte. Julia wunderte sich, wer nicht? »Wer bist du?«

»Heidrun, die Enkelin.«

»Wo ist die Wahrsagerin?«

»In die Stadt gefahren, nach Gumbinnen. Zum Friseur. Anschließend geht sie ins Café und Kino. Sie sieht lustige Filme mit Heinz Rühmann, Theo Lingen, Hans Moser für ihr Leben gern.«

»Und du spielst ihre Rolle?«

»Großchen hat mir das Wahrsage-Handwerk beigebracht. Ich vertrete sie während der Sommerferien. Die Geschäfte gehen ohnedies schlecht. Im Vertrauen, Großchen hält sowieso nichts davon. Jedenfalls bleibt mir genügend Zeit, in ihrer Hütte am Wystiter See

meine Sommerfrische zu verbringen. Ich kann, bei-
spielsweise, schwimmen gehen nach Belieben ...«
In Julia kam eine dunkle Ahnung auf, ihr Herz krampfte
sich zusammen. »Hier, an dieser Stelle? Wo Peter und
Paul morgens und abends ihre Runden drehen?«
»Nicht übel, deine hellseherischen Fähigkeiten!«
»Sag die Wahrheit, du hast dich in einen der Zwillinge
verliebt?«
»Du lernst schnell.«
»In welchen, heraus mit der Sprache.«
»In den Vater unseres Sohnes.«
»Donnerschlag!«
»Es ist im letzten Sommer passiert. Aber keine Sorge,
man wird, wie es sich gehört, heiraten.«
»Verstehe ich richtig, daß du bis heute Mühe hattest,
den wirklichen Vater herauszufinden?«
»Ja, unbedingt.«
»Und ab jetzt bereitet es dir keine Schwierigkeiten
mehr, Paul von Peter zu unterscheiden?«
»Keine. Du hast mir dabei sehr geholfen, Julia.«
»Ich wüßte nicht wie.«
»Deine Idee mit dem Brandzeichen im Poochen war
großartig. Paul hat mit Sicherheit keinen Kratzer und
unser kleiner Lorbaß, versteht sich, ebenfalls nicht.
Komm in meine Arme, Schwägerin, laß dir einen
Butsch geben, das ist: ein Kuß.«

Liebes Großchen

Liebes Großchen, so sagen die Ostpreußen zu ihrer Großmutter. Ich schreibe dir aus der Sommerfrische, wie Erwachsene so sagen; uns Ferienkindern aus der Landverschickung geht es gut. Von hier bei Tilsit bis nach Hause sind es über 1000 Kilometer, der Bauer ist gutmütig und hat einen Schnauzbart. Er hat Mitleid mit den spachheistrigen Stadtkinderchen aus dem Ruhrgebiet, und weil es westlich der Elbe immer noch Menschen geben soll, die glauben, daß die Stadt Albing mit »E« geschrieben wird. Überhaupt sind die Leute hier ziemlich lustig, wozu sie nicht einmal getrunken haben müssen, schon ihre Wörter sind zum Lachen, auch wenn ich sie in den ersten Wochen nicht verstanden habe. Wie findest du beispielsweise Wippezoagel, pischen, Spirgel, Dittchen, Heemske, Kujel? Sie machen gerne Schabernack und erzählen Wippchen, wozu sie auch Vertellchen und Spoaskes sagen. Heute will ich dir von einigen berichten, die ich aufgeschnappt und aufgeschrieben habe:
Vor acht Tagen hat unsere Sau im Stall geferkelt. Eine Erbtante aus Königsberg hielt sich ihr Spitzentaschentuch vor die Nase, wunderte sich: »Ach, du grieses Katerchen, das ist man ja bloß ein Ferkel.«

Unser Bauer grummelte: »Sei froh, daß sie überhaupt geferkelt hat.«

Der Bauer auf dem benachbarten Gehöft hatte mehr Glück. Sowas habe ich noch nie gesehen. Seine Muttersau liegt stundenlang auf dem Stroh, ihre zwölf Ferkel hängen an den Zitzen und blasen sie immerzu auf.

Die Ostpreußen lieben ihre Tiere sprichwörtlich, bevor sie sie aufessen, manchmal denke ich aber, daß sie von Tieren weniger verstehen als wir, die wir sie bloß aus Büchern kennen. So lief der Bauer mit seiner Flinte auf dem Hühnerhof herum und wollte einen Hahn erschießen, weil einer für die Zucht zuviel war und als Sonntagsbraten gebraucht wurde. Er hat aber den falschen erwischt, der faule Hahn blieb lebendig, nämlich der, der sich von den Hennen immer durch die Gegend reiten läßt.

Unser Nachbarche ist Pferdehändler, Kopscheller, ein richtiger Pferdenarr. Wenn er einen alten Gaul, der nicht mehr zum Reiten oder vor den Pflug taugt, verkaufen möchte, putzt er ihn, wie bei uns zu Hause eine Braut zur Brautschau, heraus. Dem Kunter, so heißen auch kleine Pferde, werden die Zähne mit Schlemmkreide geputzt, damit sie weiß aussehen. In das Futter werden gelöschter Kalk und Arsenik gekippt, wodurch das Fell zeitweise glatt und glänzend wird. Kurz vor dem Handel auf dem Markt werden dem Klepper in Branntwein getauchte Brotstücke ins Maul geschoben, manchmal wird Schnaps gleich in den Hafersack geschüttet. Das dient dem Temperament. Für die Schönheit werden die Mähnen gewellt und die Schweife gestriegelt sowie vor dem Verkauf mit Bändern fein geflochten. So ein »malaichter« Veteran sieht dann aus wie ein feuriger, rassiger Trakehner. Die Aufkäufer für die Kavallerie müssen höllisch aufpassen, damit sie nicht mit lauter Invaliden in den Krieg ziehen.

Einmal, auf dem Pferdemarkt in Wehlau, ließ der Kopscheller seinen neunjährigen Bowke in allen Gangarten vorreiten, mit der Peitsche half er kräftig nach. Dabei traf er die nackichten Beine seines Sohnes, der laut plärrte. »Jungchen, was heulst?« knurrte der Alte, damit es der Interessent hörte, »gönn doch dem Mann das gute Färdchen.«

In die Schule brauche ich zum Glück nicht zu gehen, Großchen, weil ja Sommerferien sind. Dafür erzählen mir die Gnosen aus dem Dorf, wie lustig es bei ihnen zugeht.

Ihr Lehrerchen im Dorf hat viele Bienenstöcke. Zur Schwarmzeit muß das erste Schuljahr aufpassen, wo sich die Königin mit den Bienen niederläßt. Als einmal das Lehrerchen in der Pause nachsehen kam, war der Schwarm spurlos ausgeflogen, die Schulkinder hatten nicht aufgepaßt. Fuchtig rief der Schulmeister: »Nu sind die Bienen im A ...« Die jüngste Marjell erschrak, rief ängstlich: »Ach Gottche, Herr Lehrer, doch nich in Ihrem?«

Im vierten Schuljahr gibt es ein Marjellchen, das nicht still sitzen kann. Wenn das Lehrerche sagt, daß sie sich endlich ruhig auf ihrem Platz hinsetzen soll, gniddert sie: »Danke schön, mich huckert nich!« Als dasselbe Marjellchen einmal ein praktisches Beispiel für den Begriff »Versuchung« geben sollte, hörte sich das so an: »Wenn mein Muttchen einen schönen Kuchen mit viel Rosinen auf den Küchentisch stellt und dann weggeht, dann bleib ich allein zu Hause. Nu überleg ich: Bepuhl ich ihm oder puhl ich ihm nich?«

Mancher Lorbaß verschwindet gerne im Unterricht und geht lieber austreten. An seinem ersten Schultag verdrückte sich der Paslak und kam nicht wieder. Das Lehrerchen wurde unruhig und ging nachsehen, ob dem Jungchen was passiert war. Die Holztür mit dem Herzchen vom Plumsklosett stand sperrangelweit offen, Paslak saß über dem Loch und aß seelenruhig seine Butterstulle auf. Als er den Lehrer sah, rief er ihm fröhlich entgegen: »Na, Onkelchen, kommste auch?«

In eine solche Schule, liebes Großchen, würde ich auch gerne gehen. Sie übelt einem nich und gelernt wird trotzdem.

Manchmal gibt es Ärger mit Verkleinerungen. Zu Haustieren sagen sie Katzchen, Hundchen, Schweinchen. Der Lehrer erklärt, in der Hochsprache sei das »chen« überflüssig. Da fragt einer: »Ei, nei, Herr Lehrer, wie geht es mit dem Kaninchen?«

Nu will ich lieber aufhören, von soviel Schule zu schabbern. Mir knurrt der Magen, und fast wie einen echten Ostpreußen jankert mich immerzu nach Essen. Dusselig bin ich deswegen noch lange nicht von wegen, daß Stauden für Pellkartoffeln auf dem Feld rosa blühen und für Bratkartoffeln weiß.

Gegessen wird immerzu, an manche Sachen mußte ich mich erst gewöhnen. Kennst du Klopse, Flinsen, Klunkern, Schmandheringe, Schwarzsauer, Glumse, Lungenhaschee, Beetenbartsch, Schmorkohl, Keilchen? Na bitte. Wenn nicht gegessen wird, trinkt man, und wenn nich, wird von Essen und Trinken plachandert, erzählt. Paß mal auf.

Auf einer Hochzeitsgesellschaft wurde das berühmte Königsberger Rinderfleck serviert. Der jungen Bedienung passierte ein Malheur. Sie rutschte aus und goß die heiße Suppe einem Gast über die Glatze. Die Gastgeberin fiel beinahe in Ohnmacht, die Gäste erstarrten vor Schrecken, bloß der Getroffene fuhr mit seiner Serviette über den geröteten Schädel, plinkerte dem völlig verwirrten Mädchen zu: »Meinst, Marjellchen, das hilft noch?«

Reisende werden für unterwegs mit Freßpaketen versorgt. Als ein Jungchen von Gumbinnen nach Insterburg mit der Eisenbahn fuhr, packte sein Großchen ihm einen Karton mit Proviant, Stullen, harten Eiern, Salzgurken, Rauchspeck und Wurst. Kaum hatte sich der Zug in Bewegung gesetzt, schnürte das Jungchen das Paket auf. Die Großmutter kannte ihren Pappenheimer und hatte einen Zettel obenauf gelegt: »Du Riepel, is hier schon Insterburg?«

Manchmal kommen Handwerker auf unser Bauerngehöft. Als einmal der Dachdecker wieder da war, gab es Kohlrouladen. Nach dem Essen entdeckte die Köchin, daß der Meister fein säuberlich die Kohlblätter abgewickelt und auf den Tellerrand geschichtet hatte. »Nanu«, wunderte sie sich, »hat Ihnen der Kohl denn nicht geschmeckt?« Er glubschte sie von unten an: »Fräuleinche, dem Kumst können Sie sich andermal sparen. Mich schmeck der Klops ohne Windeln besser.«

Auf einem Kindergeburtstag geht es hoch her. Nach viel Kuchen, Marzipan, Götterspeise war einmal die Stimmung riesig. Zur Schummerstunde kommt ein Madamche, ihren Zögling abzuholen. Sie erkundigt sich bei ihm, ob ihm die Feier gefalle. Er strahlt: »Fein is, Mutti, einer kotzt all.«

Ostpreußen essen gerne, gut, viel, bis sie satt sind und

darüber hinaus. Trotzdem wollen sie genötigt werden, wie sie es nennen.

Als einmal ein Herrchen aus Berlin bei unserem Bauern zu Besuch war, gab es Königsberger Klopse. Sie schmeckten ihm nicht, er dankte, es half nicht, die Hausfrau legte ihm wieder zwei auf und nötigte ihn höflich. Einen würgte er hinunter, den anderen versteckte er unbemerkt in seiner Hosentasche.

Nach dem Essen standen die Erwachsenen herum, tranken Kaffee, Pillkaller, schmauchten Importen. Unversehens bekam das Herrchen Nasenjucken, mußte niesen, riß sein Rotzkodder heraus. Dabei flog der Klops im hohen Bogen durch das Zimmer.

Fuchtig redete das Herrchen: »Das kommt vom vielen Nötigen im Lande. Da fliegen einem die Klopse schon aus der Nase raus.«

Die Einheimischen sagen: »Wer hier nich dick wart, dä ös to ful tom Fräte«. Hoffentlich verstehst du soviel Plattdeutsch, Großchen?

Hast du gewußt, daß Ostpreußen wie die Weltmeister schimpfen können? Zu hören ist Luntrus, Damlak, Lachudder, Pomuchelskopp, Schubjak, sie meinen es aber nicht böse, vor allem, wenn in der Nähe Meschkinnes, Bärenfang, zur Versöhnung bereit steht. In Wahrheit essen sie auch bloß, damit sie Durst bekommen. Damit er nicht vergeht, erzählen sie Geschichten vom Trinken. Zwei sitzen im Krug und trinken unentwegt Grog, am Ende ist ihnen ganz dammlig. Nach der Sperrstunde will die Marjell keinen Nachschub mehr bringen. Da erhebt sich einer, schwankt, ruft zornig: »Wat, zuerst so viel, und dann auf einmal garnuscht mehr?«

Auf dem Nachhauseweg stürzt ein Mannche bei Dunkelheit krachend in den Graben. Sein Begleiter ruft ihm hinterher aus Sorge um den Betrunkenen: »Hast du etwas gebrochen?« Darauf bekommt er zu hören: »Noch nicht, aber es kommt gleich.«

Ein Arzt ermahnt den älteren Patienten, mit dem Alkoholgenuß zurückhaltender zu sein, am Ende könne er sogar erblinden. Bei nächster Gelegenheit nimmt das Mannche heimlich einen großen Schluck, seufzt: »Ein Aug riskier ich.«

Die Einheimischen, Großchen, sagen, daß sie nicht mehr trinken als Menschen anderswo. Sie brauchen bloß wegen des Klimas und der kalten Winter mehr Seelenwärmer, wie sie die scharfen Sachen nennen, als Medizin und weil überall Gefahren auf sie lauern:

Zwei Männer kamen von der Jagd nach Hause, einer wurde unterwegs von einer Kreuzotter gebissen. Im Lexikon lasen sie nach, daß ein Biß tödlich sein kann, man müsse die Wunde reinigen und viel Alkohol zu sich nehmen. Bald war der Gebissene ziemlich betrunken, sein Jagdgefährte taumelte ebenfalls und mußte sich die Frage gefallen lassen: »Warum hast du soviel mitgetrunken? Dich hat die Kreuzotter doch gar nicht gebissen.«

Darauf lallte er die Antwort: »Aber sie hat mich giftig angeglubscht!«

Viele Ostpreußen sollen gesund sterben, vermeiden können sie es leider auch nicht:

In einem Krug saß ein Landarbeiter und trank seit Stunden helles Bier. Der Wirt trat zu ihm und sprach: »Sie haben einen Boten geschickt, dein Frauchen liegt im Sterben. Du sollst nach Hause kommen.«

»Is gut, bring mir noch ein Tulpchen Helles, dann gehe ich nach Hause.«

Nach einem Weilchen kam der Wirt wieder und sagte: »Man hat eine zweite Nachricht geschickt, es geht mit ihr zu Ende. Du sollst dich sputen.«

»Einverstanden, bring mir noch ein Helles, dann peese ich los.«

Der Wirt brachte das Bier, später eröffnete er ihm: »Jetzt ist dein Frauchen gestorben.«

Der Landarbeiter traurig: »Nu bring mir ein dunkles Bier.«

Eine Witwe, so wird erzählt, meinte zur Nachbarin, sie lebe jetzt viel ruhiger als früher, von der ersten Zeit abgesehen: »Ach wissen Sie, ich habe nach dem Tod von meinem Alten so viel Ärger gehabt, daß ich mir manchmal wünschte, er wäre gar nicht gestorben.«

Die Lebenslust der Menschen ist nicht zu bremsen. Ein Sechzigjähriger sitzt beim Grog, spricht schwärmerisch von seiner zwanzigjährigen Braut.

Der Krugwirt warnt ihn: »Sei doch nich dammlig, wenn du achtzig bist, ist deine Braut vierzig.«

Der Bräutigam winkt ab: »Ei nu, wenn es soweit is, werd ich mich nach einer Jüngeren umsehen.«

Beim Rechtsanwalt erklärt eine Frau vom Lande, daß sie sich scheiden lassen möchte, unwiderruflich. Der Anwalt versucht zu vermitteln, redet auf sie ein. »Warum wollen Sie sich überhaupt scheiden lassen? Bekommen Sie nicht genug Wirtschaftsgeld?«

»Daran möchte es nich fehlen.«

»Wie steht es mit der Liebe?«

»Es möchte damit angehen.«

»Hapert es am Ende mit der Treue?«

»Ja, Herr Anwaltche«, strahlt die Frau, »damit können se ihm packen. Das letzte Kind is nich von ihm.«

Zwei benachbarte Bauern geraten wegen der Grenze in Streit, sie wollen ihn auf der Wiese mit Mistforken austragen wie im Duell. Bei Sonnenaufgang treffen sie sich auf dem Kampfplatz, stecken das Feld ab. Der Herausforderer prahlt laut: »So, bei Drei gehts los, einer von uns wird auf dem Platz bleiben.«

Da schmeißt der andere seine Mistforke zur Seite und sagt: »Einverstanden. Du bleibst auf dem Platz, ich geh zum Frühstück.«

Ein hoher Berliner Beamter ist auf Zeit in das Regierungspräsidium nach Gumbinnen versetzt worden. Im Park seiner Villa fegt ein Einheimischer im Herbst Laub zusammen. Der Beamte sucht leutselig mit dem einfachen Ostpreußen ins Gespräch zu kommen: »Kopf hoch, mein Bester, unsereins hat auf der Behörde auch schwer zu arbeiten. Meine einzige Erholung von Regierungsgeschäften ist, mich nach dem Mittagessen für eine halbe Stunde auf die Veranda zu legen.«

Der Ostpreuße murmelt, ohne aufzublicken: »Was die Madamchens aus dem Reich doch für feine Namen haben.«

Hinter Stallupönen zog ein Bauer mit seinen drei Töchtern zum Scheiweln auf den Ball. Verschämt bat die Älteste um ein Dittchen für die Toilette. Nach zehn Minuten kam die Mittlere, nach weiteren zehn Minuten die Jüngste und holte sich ein Dittchen für denselben Zweck. Der Vater hatte, wie es heißt, Spendierhosen an, warf eine Mark auf den Tisch, andererseits der Rennerei ein Ende zu machen, rief: »Erbarmung, wenn ihr die verpischt habt, wird nach Hause gegangen, endgültig.«

In Dustern nahe der Grenze an der Memel geraten zwei Frauen ausgerechnet zu Weihnachten wegen Majorans im Entenbraten in Strcit. Zufällig kariolt das Pastorchen auf dem Weg zur Kirche vorbei, zürnt: »Wißt ihr nicht, daß heute der Heiland geboren ist?«

»Woher auch«, rufen die Frauchen wie aus einem Munde, »wann erfahren wir schon mal in Dustern, was in Tapiau oder womöglich Berlin passiert?«

An einer Hauswand in Insterburg spielt ein Bowke Mundharmonika, vor sich einen Teller für Dittchen auf der Erde. Eine sozial eingestellte höhere Dame beugt sich zu ihm nieder. »Hast du keine Eltern, Jungchen, die sich um dich kümmern?«

»Nei, habe ich nich gehabt, auch keinen Vater und keine Mutter. Mich hat eine Tante ledig geboren.«

Ostpreußen sollen unendlich geduldig sein. Einmal war ein Ehepaar heftig zerstritten. Schließlich haben sich beide vertragen.

»Wir wollen das Streiten lassen«, meinte die Frau, »und ich wünsche dir alles, was du dir wünschst.«

Der Mann knurrte fuchtig: »Kodder und Mostrich, fängst du schon wieder an?«

Gewitter waren auf dem flachen Lande in Ostpreußen oft fürchterlich, es blitzte, donnerte, schlug ein. Ein Bauernehepaar arbeitete auf dem Feld, stellte Getreidehocken auf, als drohend schwarze Wolkengebirge am Himmel aufzogen. Beide glaubten, ihr letztes Stündlein habe geschlagen. Der Bauer, ein verschicherter Gnuspel, bangte: »Ob wir lebendig nach Hause kommen, ist nicht gewiß. Bevor wir vor den ewigen Richter treten, sollten wir einander Fehltritte beichten.«

Seine Frau gab ihm recht, erlaubte ihm großmütig, anzufangen. Wohl oder übel gestand der Bauer seine Sünden ein.

Seine Frau geiferte: »Liederlicher Luntrus, elender, nach anderen Wiewern zu schielen, heimlich Schnaps zu trinken, doppelt Wurst auf Stullen zu legen. Niemals hätte ich sowas von dir gedacht.« Sie pustete, stemmte die Arme in die Seite: »Ändern läßt sich nu nuscht mehr. Ich will dir verzeihen.«

Das Mannche seufzte erleichtert, bat nun seinerseits um ihr Geständnis, Sie blickte zum Himmel, der sich inzwischen aufgeklärt hatte, triumphierte: »Den Deibel werd ich, da hinten kommt es heller.«

Weißt du, Großchen, fest im Glauben sind die Ostpreußen auf jeden Fall, die Evangelischen, Katholischen und die Salzburger Protestanten. Das zeigt meine letzte Geschichte zum Schluß:

Eine Ordensschwester fährt auf der neuen Autobahn zwischen Elbing und Königsberg. Da geht ihr unterwegs das Benzin aus. Sie geht zu Fuß, bis sie eine Tankstelle findet. »Können Sie mir ein bißchen Benzin verkaufen?«

Der Tankwart bittet um den Benzinkanister.

»Leider habe ich keinen. Können Sie mir einen leihen?«

»Ich besitze keinen.«

»Sie werden doch irgendein Gefäß besitzen?«

Der Mann kratzt sich am Kopf. »Auf der Lucht steht ein alter Nachttopf. Für ein paar Kilometerchen dürfte es ausreichen, wenn es Ihnen nichts ausmacht.«

»Nachttöpfe sind bei unsereiner üblich, geben Sie nur her.« Die Ordensschwester läuft mit dem Benzin zurück, füllt damit vorsichtig den Tank ihres Wagens. In diesem Augenblick rollt ein Lastwagen heran, der Fahrer hält, sieht aus dem Fenster der Schwester zu, spuckt

aus und spricht bewundernd: »Hochachtung, Schwester, Ihren Glauben möchte ich haben!«

Und was glaubst du, Großchen? In Ostpreußen ist alles
möglich. In meinem nächsten Brief schreibe ich vom
Ausflug auf die Kurische Nehrung, von Elchen und geräucherten Flundern. Sie sollen auf der Zunge zergehen
wie Königsberger Marzipan, Ehrenwort und tausend
Butschkes.

Hochzeit auf ostpreußisch

Eine Hochzeit, soviel weiß jeder, ist kein alltägliches Ereignis. Treffen sich dabei zufällig zwei wildfremde Ostpreußen, dann gibt es ein Jahrhundertfest. Sie kennen nur ein Thema, über das auf der Hochzeit sich zu reden lohnt: Bärenfang. Wie soll man aber Leuten im Westen klar machen, was Bärenfang ist, der eigentlich Meschkinnes heißt? In dürren, trockenen Worten beschreiben? Unmöglich. Du mußt, liebes Leserchen, ihn selber einmal probieren. Sowas hast Du noch nicht erlebt. Ungeprahlt!
Bärenfang ist, dem Laien sei's eröffnet, ein Getränk. Echte Ostpreußen brauchen keine Hochzeit zu veranstalten, um einen gehörigen Grund zum Trinken zu haben. Es genügt eine Kindstaufe oder eine hübsche Beerdigung. Die ganze Wahrheit ist, daß guter Bärenfang an jedem Ort zu jeder Zeit ohne jeglichen Grund getrunken wird. Entscheidend bleibt, daß einer vorrätig ist. Genau dies ist ein Hauptproblem beim Bärenfang.
Auf unserer Hochzeit, so versicherte der Bräutigam Adomeit dem unter den Gästen entdeckten Landsmann Koslowski glaubhaft, sei kein lumpiges Tröpfchen Bärenfang aufzutreiben. Seine letzte Flasche, im Tresor

wohlverwahrt, müsse jemand gestohlen haben. Bei der Herkunft seiner neuen westdeutschen Verwandtschaft offensichtlich ein höchst rätselhafter Vorgang.

Adomeits erstes Frauchen war in den Nachkriegsjahren an Kummer gestorben. Seine wohlhabende Braut war die Witwe eines Immobilienmaklers; die Hochzeit fand in einem eleganten Hotel statt. Im Reiseführer war es mit fünf Sternen versehen, Bärenfang hatte man jedoch nicht.

Koslowski schüttelte bedenklich sein Haupt. Keinen Tropfen Bärenfang im Haus bei einer Hochzeit, wie konnte das gut gehen? Was sollten die Kinderchen später denken, wenn es überhaupt welche auf diese Weise gab? Er sprach: »Eine ostpreußische Braut muß sich zuerst am Bärenfang beweisen. Sind wir denn in Bayern, wo die umgekehrte Reihenfolge die Regel ist?«

»Ich werde dir«, lenkte Bräutigam Adomeit behutsam ab, »meine Braut vorstellen. Das Marjellchen ist prächtig wie eine Stute gebaut und besitzt Häuser im Tessin. Bei ihrem Anblick wirst du nicht mehr an Bärenfang denken.«

Koslowski führte die rechte Hand erschrocken an sein Herz. »Wie kannst du mir, Jungchen, von den Reizen deines künftigen Weibes reden, wenn es sich darum dreht, einen Bärenfang aufzutreiben? Könnte sie, zur Not, wenigstens selber einen kochen, wie deine Verstorbene selig?«

Bräutigam Adomeit dachte angestrengt nach. An Königsberger Klops habe sie sich einmal versucht, auch an Königsberger Fleck und süßsaurer Blutsuppe, in der Heimat Schwarzsauer genannt. Leider, zum Kochen von Bärenfang reichten ihre Talente wohl doch nicht aus. Traurig schüttelte er seinen Kopf.

Koslowski traten darauf Tränen in die Augen. Eine Hochzeitsnacht ohne Bärenfang war ihm ein schrecklicher Gedanke. Mutig sprach er: »Jungchen Adomeit. Bis Mitternacht sind vier Stunden Zeit. Bis du zu deinem Bräutchen unter die Decke schlüpfst, werden wir einen Bärenfang haben.«

Bräutigam Adomeit zierte sich, wies darauf hin, daß man sich zum Braugeschäft von der Hochzeitsgesellschaft entfernen müsse, er sich dem hübschen Täubchen Braut nicht widmen könne, wo man das Braugerät so schnell herbekomme und überhaupt das, was in den echten Meschkinnes hineingehöre?

»Sag, Landsmann Koslowski, wie soll unsereins mit den langen Wartezeiten zurechtkommen? Hier wartet das liebe Bräutchen auf die verdiente Hochzeitsnacht, dort fiebere ich dem reifenden Bärenfang entgegen, was, wie du aus unserer Heimat weißt, manchmal Wochen dauern kann, selbst wenn er regelmäßig in den Flaschen gerollt wird.«

»Wir sind nicht mehr in Ostpreußen«, gab Koslowski zu bedenken, »da heißt es manche schmerzliche Veränderung zu ertragen. In unserem Falle bedeutet dies, den Bärenfang heiß zu genießen. Er wird es, so denke ich, Jungchen, schon vertragen.«

Adomeit war hin- und hergerissen. »Am besten wird sein«, sprach er nach kurzer Bedenkzeit, »die Hochzeitsgesellschaft für ein paar Stunden sich selbst zu überlassen. Eine Frau hat man später alle Tage, einen Bärenfang nicht. Das ist der Unterschied. Komm, Landsmann Koslowski, laß uns entschlossen in die Hotelküche gehen. Das Bräutchen kann warten.«

Die nötigen Vorkehrungen in der Hotelküche waren

bald getroffen. Der Küchenchef, eine vom Werbefernsehen her bekannte Biskinpersönlichkeit, gab, gegen ein großzügiges Handgeld, eine Kochstelle frei und stellte einen umfänglichen Kessel zur Verfügung. Zwei Küchenjungen rannten los, um weisungsgemäß mehrere Kilogramm reinen Bienenhonig sowie neunzigprozentigen Sprit aus der Apotheke zu holen. Koslowski führte für solche Zwecke stets ausreichend Rezepte auf Krankenschein bei sich.

Der Honig wurde in den Kessel geschüttet. Die beiden Landsleute saßen davor und starrten gebannt auf die sich erwärmende Masse. Landsmann Koslowski durchbrach das feierliche Schweigen. Der Mensch solle, erinnerte er sich, bei der Herstellung von Bärenfang nur gute Gedanken haben. Darum sei auch damals Marta, das junge Luder, bald darauf in Heydekrug gestorben. Adomeit versank in Trauer. »Laß sie ruhen, Jungchen Koslowski, das junge Luder Marta, wie du sagst. Lange ist's her. Nur, kümmern möchte mich schon, welche schlechten Gedanken sie beim Bärenfang hatte, daß sie bald darauf starb?«

Koslowski hob warnend den Finger. »Du sprichst wahr, Bräutigam Adomeit. Möchten wir davor bewahrt bleiben, solche finsteren Gedanken zu hegen. Ich will dir sagen, was Marta, dem Luder, durch den Kopf ging. Sie überlegte, ob sie, wie von Fremden und Durchreisenden geraten, etwas destilliertes Wasser in den Bärenfang schütten sollte. Denn damals ging um im Ostpreußenlande das fälschliche Rezept, Honig, Sprit und destilliertes Wasser zu gleichen Dritteln in den Bärenfang zu mischen. Nicht zum Eigengebrauch, versteht sich, aber doch für Verwandte und ungeladene Gäste. Wie leicht konnte sich da ein Ostpreuße an der Flasche mit Verdünntem vergreifen? Bis heute, Jungchen, so wahr ich hier sitze, ist ungeklärt geblieben, ob in schlechten Zeiten mehr Ostpreußen an der Pest oder am Wasser im Meschkinnes umgekommen sind.«

»Wir haben eine Menge Gäste«, murmelte Bräutigam Adomeit. »denen ich das Wasser gönnen möchte. Wie kann man aber den gesunden Bärenfang unterscheiden von dem mörderischen? Am Ende möchten wir uns selbst vergiften, wenn wir destilliertes Wasser nach dem trügerischen Rezept einmischen?«

»Darum ist es gut, Bräutigamchen, solche schlechten Gedanken gar nicht erst zu haben. Es möchte uns sonst gehen wie Marta, dem daran verstorbenen Luder. Es sei denn«, fügte er listig hinzu, »wir trinken zuerst und verdünnen dann für die Letzten ein wenig?«

Stumm starrten sie in den Kessel. Der erhitzte Honig kräuselte sich an der Oberfläche. Bräutigam Adomeit warf einen scheuen Blick auf die Flaschen mit dem reinen Alkohol, den Landsmann Koslowski mißbilligend bemerkte. Der Vorfall veranlaßte ihn zu folgender Ermahnung: »Du wirst mir hoffentlich, mein Jungchen, die Flaschen mit dem reinen Sprit nicht zu früh öffnen wollen? Man sagt, der Geist daraus verflüchtige sich im Nu. Jede Sekunde könnte uns einige Prozentchen Alkohol kosten. Ich sage dir, das wichtigste ist beim Vermengen von Honig mit Alkohol die Disziplin. Ich werde zur rechten Zeit ein Zeichen geben.«

Bräutigam Adomeit dachte angestrengt nach. »Du sprichst, Landsmann Koslowski, bedeutende Einsichten aus. Nur leuchtet mir nicht ein, wie du auf dem Wege von der Flasche reinen Sprits bis zum heißen Honig verhindern willst, daß Alkohol entfleucht? Wäre es nicht besser, die entkorkte Flasche direkt an den Mund zu führen und den Honig später zu essen? So, Jungchen, denke ich mir, dürfte es den geringsten Verlust geben.«

»Bräutigamchen Adomeit, habe ich dich nicht gewarnt, beim Kochen von Bärenfang schlechte Gedanken zu haben? Die Versuchung ist groß, ich gebe es zu, nur wirst du am Ende eine Alkoholvergiftung haben und keinen Bärenfang. Ich sage dir, beim echten Bärenfang gehört der reine Sprit in den Honig und sonst weiter nichts!«

»Ich danke dir von Herzen, Landsmann Koslowski, daß du mich davor bewahrt hast, schwach zu werden. Es ist, wenn ich auf den Honig sehe, höchste Zeit, die beiden zu vermählen. Sonst verkocht uns womöglich der eine, und der andere bleibt übrig rein zu genießen, ein Verfahren, dem ich soeben abgeschworen habe. Ich möchte sagen, die schwarzen Gedanken könnten wiederkommen, wenn du nicht eilst.«

Koslowski starrte gebannt in den Kessel. Der Honig wallte und brodelte. Kaum fing er an zu kochen, erwachte Koslowski aus seiner Erstarrung, riß den Kessel von der Feuerstelle, rührte verzückt und rief nach den Flaschen mit dem reinen Alkohol. Er bedeutete dem Bräutigam, die Flaschen erst kurz über der Oberfläche des Honigs zu entkorken und den Alkohol schonend einzugießen. Ständig rührend mischten sie unter äußerster Nervenanspannung den reinen Sprit mit dem heißen Honig. Bräutigam Adomeit sog den aufsteigenden Dampf ein. »Es duftet«, sprach er seufzend, »nach Rominter Heide und Elchniederung zugleich. Ich höre die fleißigen Bienen über die weiten Kleefelder summen und schmecke die Luft über dem Kurischen Haff auf meiner Zunge. Schwören könnte ich, daß ich mich an jede Einzelheit bei der Beerdigung von Tante Broßeit erinnere, die, weil sie keinem den Bärenfang auf ihrer Beerdigung gönnte, sich mehrmals scheintot stellte und ihn dann selbst austrank.«

Koslowski sah den Landsmann mißbilligend an. Es gezieme sich nicht, wie das Bräutigamchen wissen müsse, angesichts von Meschkinnes in Rauschzustände zu verfallen. Der Anfänger nur bekomme einen dicken Kopf und bleischwere Beine. Der Könner habe nüchtern zu bleiben, bis er umfalle.

In diesem Augenblick betrat ein Hochzeitsgast die Hotelküche, geschickt von der Braut, nach den verschwundenen Männern zu suchen.

»Bring dir ein Löffelchen mit, mein Freund«, rief ihm Bräutigam Adomeit entgegen. »wir beginnen gerade erst, den Bärenfang zu probieren. Eine Hochzeitsnacht wird es werden, wie du noch keine erlebt hast auf Erden. Komm und nimm ein Löffelchen voll.«

Der Kessel mit dem vollendeten Bärenfang stand nun auf dem Boden der Hotelküche. Die beiden Ostpreußen hatten mit gekreuzten Beinen davor Platz genommen. Sie löffelten feierlich den heißen Bärenfang und ließen ihn mit geschlossenen Augen sanft die Kehle hinuntergleiten. Die Küchenbesatzung hatte die Essensausgabe eingestellt und beteiligte sich an der Zeremonie.

Der Gast schmeckte, schmatzte und leckte mit der Zunge und nickte erfreut. »Ein süßes, bekömmliches Tröpfchen, wie mir scheint, und gar nicht hart auf der Zunge.« Er nahm ebenfalls auf dem Fußboden Platz und löffelte mit den übrigen um die Wette. Nach einer knappen Stunde fiel er stumm um. Die Landsleute legten den steifen Gast in die Ecke, wo sich schon die Küchenbesatzung ausschlief. Die übrigen Hochzeitsgäste, von der Braut ausgeschickt, nach ihnen zu forschen, stapelten sie später einfach dazu.

Zuletzt erschien die Braut. Getrübter Augen wegen erkannten die Landsleute die Person nicht wieder. Koslowski gefiel sie ausnehmend gut, Bräutigam Adomeit glaubte sich zu erinnern, dieses prächtig anzusehende Marjellchen irgendwo schon einmal gesehen zu haben. Man lud sie ein, gemeinsam Bärenfang zu löffeln. Nach einer Weile konzentrierten Genießens hub Adomeit folgendermaßen zu sprechen an: »Ich werde dir, hübsches Marjellchen, ein süßes Geheimnis verraten. Wir befinden uns, du wirst es kaum glauben, auf einer Hochzeit. Die Hochzeitsgesellschaft liegt dort in der Ecke. Unsere große Sorge ist, du wirst es vielleicht verstehen, das wartende Bräutchen könnte die ostpreußische Bärenfangprobe nicht bestehen. Was, frage ich, ist dagegen das, was alle Frauen können, sprich?«

Die unerkannte Braut nickte und löffelte emsig mit.

Koslowski sah ihr wohlgefällig zu und schien eine Idee zu haben: »Marjellchen, du bist in allen Teilen appetitlich und scheinst, so erkenne ich, etwas von Meschkinnes zu verstehen. Sieh dir diesen Landsmann neben mir an, es ist, kaum zu glauben, der Bräutigam. Heiraten wird er auf jeden Fall. Du kannst ihn haben, wenn du ihn unter den Tisch löffelst. Habe ich mich deutlich ausgedrückt?«

»Ja, das hast du, Koslowski«, erwiderte die unerkannte Braut, »ich bin einverstanden. Auf dein Kommando soll es losgehen.«

Gemeinsam löffelten sie den Bärenfang bis zum Morgengrauen. Zwischendurch trugen sie Landsmann Koslowski in die Ecke. Gegen fünf Uhr bekam Bräutigam Adomeit eine schwere Zunge. »Mein verlassenes Täubchen«, sagte er, »wird mir böse sein. Aus gutem Grunde. Aber sprich, habe ich nicht eine bessere Braut gefunden, die mehr Bärenfang vertragen kann als ich? Gewiß wirst du auch alles andere vortrefflich können. Sagt mir bloß«, stieß er mit versiegender Kraft hervor, »wo hast du den Umgang mit dem Bärenfang gelernt?«

»Mein erster Mann war Ostpreuße«, stammelte die Braut, nun gleichfalls erlahmend, »darum habe ich geübt; außerdem habe ich vorhin die Flasche aus dem Tresor zur Probe ausgetrunken.«

Mit diesen Worten schwanden ihr die Sinne. Bewußtlos sank sie auf den eingeschlafenen Bräutigam Adomeit nieder. Die Eheprobe war bestanden vom glücklichsten Brautpaar, das man sich denken kann.

Blühe Bernsteinland, Jantar!

Könnte es nicht sein, Herrschaften, daß ein Land, eine Landschaft, Menschen verändert, prägt? Die Erkenntnis gilt für Ostpreußen ohne Zweifel. Zunächst unmerklich werden Einheimische, Liebhaber, Besucher, Neusiedler, Soldaten, Missionare, Kaufleute mit der Zeit gelassener, zärtlicher, humorvoller, aber auch schlitzohriger, sturer, widerstandsfähiger. Wenig Unterschied macht es, aus welcher Himmelsrichtung einer kommt, der Ostpreußen lieben lernt, aus eigener Anschauung oder durch Erzählungen. Als Lohn winkt die sprichwörtliche Geduld der Ostpreußen, die ein wesentlicher Bestandteil ihrer Überlebenskunst ist. Kein Wunder, daß sich Leute für Ostpreußen interessieren, die es 40 Jahre lang hinter dem Ural wähnten. Nur, ein paar Kenntnisse können nicht schaden.

Nehmen wir beispielsweise den feinen Herrn im modischen Reisedreß auf dem Beifahrersitz eines Lastkraftwagens mit BRD-Kennzeichen. Aus einem vergoldeten Etui holte er mit gepflegten Fingern eine Zigarette heraus, zündete sie an, stieß genüßlich Ringe in die Luft. »Anders als im Harz oder in den Alpen gibt es in Nordostpreußen, dem Kaliningradskaja Oblast, wenigstens noch Adler zu sehen. Überall unberührte Natur, frische Luft.«

Der Fahrer Anatol, ein junger Russe aus St. Petersburg, Student und Dolmetscher in einer Person, hütete sich, den Unterschied zu einer Saatkrähe zu erläutern. Womöglich lag es an der Entfernung oder der dunklen Sonnenbrille? Besucher sahen erfahrungsgemäß ohnedies, was sie sehen wollten, ausschließlich. Anatol wußte seinen Kunden aus dem Westen zu erfreuen, lächelnd wies er durch die Frontscheibe: »Wo gibt es bei Ihnen zu Hause so viele Störche?«

Der Lkw rumpelte die Landstraße hinter Gumbinnen, Gussew, Richtung litauische Grenze entlang. Die beiden Männer schwiegen. Benutzen wir die Gelegenheit, Näheres über den Zweck der Reise mitzuteilen.

Seit Menschengedenken übt Ostpreußen eine magische Anziehungskraft aus. Der römische Historiker Plinius der Ältere notierte die Reise eines römischen Ritters zur Herrscherzeit Neros (54–68 n.Chr.) an die Bernsteinküste. Was er wohl seinen Lieben nach Hause mitbrachte? Bernstein! Erraten.

Als Vorfahren der Pruzzen gelten die Ästier, Tacitus berichtet um das Jahr 100 in seiner »Germania« von den »Aestiorum gentes« als den östlichsten Nachbarn der Goten an der Bernsteinküste. Die altpruzzischen Stämme der Galinder und Sudauer werden 100 Jahre später von Ptolemäus von Alexandria erwähnt. Ab der Völkerwanderung gab es kein Halten mehr, Germanen, Goten, Slaven, Ostbalten, Litauer, Polen, Russen fühlten sich unwiderstehlich von dem Land angezogen, gaben sich in Jahrhunderten, wenn so zu sagen erlaubt ist, die Türklinke in die Hand, siegten, verloren, verweilten, zogen weiter. Tempora mutantur. Kinderchen, wie die Zeit vergeht.

Erbarmung nei, dachten einheimische Ostpreußen, welche Menschen besuchten und besiedelten nich alles das Land zwischen Eiszeit und Neuzeit, nannten es Kalte Heimat, Pferdeparadies, Land der tausend Seen. Die Menschen, das waren: Missionare, Siedler, Kaufleute, Ordensritter, Adelige, Reichsbeamte, vertriebene Salzburger, Holländer, Hugenotten, Dichter und Maler. Auf Zeit kamen Saisonarbeiter, Sommerfrischler, durchziehende Soldaten, Heere auf dem Wege zwischen Ost und West, von Süden nach Norden; von manchen blieben nur die Gräber, oft nicht einmal diese. Nicht zu vergessen schräge Vögel, begnadigte Strafgefangene – im Gefolge des Ritterordens – gescheiterte Existenzen, aber auch Pioniere, Neusiedler, Investoren. Leute jeder Sorte überfiel zu allen Zeiten Goldgräberfieber, selbst wenn das Gold aus Bernstein bestand, die Fundstellen nicht am Amazonas oder Yukon, sondern in der Nähe der Pregelmündung an der Ostseeküste im Samland lagen.

So. Bevor wir mit der eigentlichen Geschichte beginnen, wollen wir nachsehen, wie weit das Fahrzeug mit seiner geheimnisvollen Last inzwischen gekommen ist. Anatol, der Fahrer, an ihn wird höflich erinnert, war von der ehemaligen Reichsstraße 1 Richtung Stallupönen nach Süden abgebogen, dem Lauf der Pissa entlang. Pissa? Nomen est omen. Der Legende nach soll ein preußischer König dem Wunsch der Einwohner auf Umbenennung in Urinoco zugestimmt haben, Russen nennen das Flüßchen Pucca. Es fließt, was es immer tat, dahin. Kümmert sich wenig um alte und neue Bewohner, Ansiedler aus Kasachstan, Touristen, Investoren, die nach 50 Jahren Sperrzeit Nordostpreußen, den Kaliningradskaja Oblast, bereisen dürfen. Alle befürworten den Anbruch einer neuen Zeit; statt Planwirtschaft soll die freie Marktwirtschaft den Wohlstand bringen. Das Problemchen ist, sie richtig voneinander zu unterscheiden sowie den Nutzen des Fortschritts einsichtig zu machen, solange Menschen anderes gewöhnt sind. Überall auf der Welt ist es so, erwähnt wird der Umstand nur, damit, ach Gottchen ja, unsere Geschichte an Ort und Stelle weitergehen kann, endlich.

Die Allee, von schattenspendenden Bäumen ehrwürdigen Alters eingerahmt, ging in einen staubigen Landweg über, der sich unendlich hinzog, am Ende hinter dem Horizont verlor. Erschreckt bauten Feldhasen am Grabenrand Männchen, aus Baumkronen floh krächzend ein Eichelhäher, lediglich der Fuchs in hohem Gras von Gebüsch verdeckt, verharrte standhaft, beäugte neugierig, was er in seinem Leben nie zu Gesicht bekommen hatte, das meint: einen leibhaftigen Kapitalisten auf der Suche nach lohnenden Anlageobjekten.

Der mit schwerem Gerät hoch beladene Transportlaster mit der BRD-Nummer blieb einsam, hinter ihm her torkelte ein Anhänger auf kleineren Gummirädern, Marke Firestone. Später kamen vereinzelt Ziegeldächer in Sicht, verhuckte Gehöfte und Ställe eines landwirtschaftlichen Kollektivs, das Ziel der über tausend Kilometer langen Fahrt.

Unter den wenige Dutzend zählenden Einwohnern hatte sich das herannahende Ereignis wie ein Lauffeuer herumgesprochen. Männer und in Kopftücher gehüllte Frauen ließen ihre Arbeit stehen und liegen, begaben sich zur Dorfeiche, setzten sich zusammen mit Alten, Kindern, Hunden unter ihr Blätterdach, voller Erwartung, was sonst. In der Umgebung waren in den vergangenen Jahren viele Hilfslieferungen aus dem Westen eingetroffen, medizinisches Gerät für Krankenhäuser, Traktoren zur Intensivierung der Landwirtschaft, Maschinen, Einrichtungen für Schulen. Nun waren sie im ehemaligen Alt-Wusterwitz an der Reihe. Danke im voraus. Spassibo.

Der alte, gleichzeitig neue Sprecher der Bevölkerung, die Bezeichnung Kolchosvorsitzender hörte er nicht gerne, hatte sich zum feierlichen Empfang herausgeputzt. Besucher wurden im Dorf immer freundlich aufgenommen, früher preußische Beamte, die in schlechten Zeiten ihre Familie gerne mit geräuchertem Speck, Schmand und Eiern versorgten, nach dem Zweiten Weltkrieg Genossen der höheren Parteihierarchie, die auf ähnliche Weise zur Stärkung des kommunistischen Bewußtseins beitrugen.

Zum ersten Besuch aus dem kapitalistischen Westen in dieser gottverlassenen Gegend seit Auflösung der Sowjetunion hatte der Sprecher eine bürgerliche Krawatte angelegt, den vom Parteiabzeichen verschuldeten hellen Fleck am Jackett verdeckte eine weiße Nelke. Die Vorbereitungen für den Empfang kontrollierte er mit gewohnt strengem Blick, nichts entging ihm auf dem winzigen Dorfplatz. Der Gemeindearbeiter Michailowitsch hatte der Leninstatue weisungsgemäß einen leeren Kartoffelsack übergestülpt, nun kehrte er mit einem selbstgebastelten Strauchbesen die Hinterlassenschaften frei herumlaufender Schafe und Ziegen auf einen Haufen. Aus einzelnen Fenstern niedriger Häuser hingen schlaff rote Fahnen mit fußballgroßen Löchern, weil die alten Embleme herausgeschnitten, die neuen Fahnen noch nicht eingetroffen waren. Neben dem Brunnen kochte ein gebeugtes Mütterchen im Kessel über offenem Feuer Soljanka zur Begrüßung, verführerischer Duft wehte über den Platz. Sputig kamen barfte Jungchen und Marjellchen die Dorfstraße entlang gepeest, Kornblumensträuße in den Händen, riefen von weitem außer Atem: »Sie kommen!«

Karascho. Wahrhaftig bog der Lastwagen, in eine dichte Staubwolke gehüllt, um die letzte Scheunenecke, hielt vor den im Halbkreis aufgestellten Leuten aus Usbekistan, von der Wolga und Krim. Aus dem Führerhaus kletterte der elegante Herr im dunklen Anzug, wir kennen ihn bereits, in der Hand ein Managerköfferchen, wie es Börsianer und Banker in Werbeanzeigen zu tragen pflegen, stellte sich als Finanzmakler und Investitionsberater vor, hielt inne, schnupperte: »Gute Luft hier, wirklich. Vielleicht etwas viel Kuh. In der Europäischen Union versuchen wir das Problem durch Abschlachtprämien zu lösen. Ich sage, mit naturbelassener Landschaft, das ist die Botschaft, lassen sich optimale Geschäfte machen.«

Während der Übersetzung trat der Sprecher vor, zupfte an seinem gestutzten Stalinbärtchen, klatschte in die Hände: »Herzlich willkommen in Alt-Wusterwitz«, und zu seinen Leuten gewandt, »was steht ihr herum, Brüderchen, wißt ihr nicht, wie man Gäste begrüßt? Her mit den Gläsern für Wässerchen.«

Wie aus Zauberhand tauchten zahlreiche Flaschen und Gläser mit Wodka auf, schnell, jedoch ohne einen Tropfen zu vergießen, wurde eingeschenkt bis zum Rand.

»Nasdrowje, Herr ...«

»Schulz, ganz einfach Schulz aus Wanne-Eickel. Und Sie sind der Vorsitzende der Sowjose, Kolchose, wenn ich nicht irre, ein Kader ...?«

»Lassen wir das. Seit einiger Zeit sagen alle Fedor zu mir. Mein Großvater war zarentreu«, fügte er entschuldigend hinzu.

Herr Schulz winkte gnädig ab, seiner habe unter Kaiser Wilhelm gedient, dann wäre er Kommunist geworden, später Nationalist. »Schwamm drüber. In unserem gemeinsamen Buch der Geschichte wird ein neues Blatt aufgeschlagen. Sehen Sie in mir einen Pionier.«

Beim Wort ›Pionier‹ bekreuzigte sich ein Veteran mit wettergegerbtem Gesicht. Ältere Männer zogen die Mützen ab, nickten, vermuteten, weil Anatol mit seiner Übersetzung nicht nachkam, daß der fremde Herr sich nach dem Wohlbefinden von Verwandten und Kinderchen erkundigt habe, wie es sich gehörte. Sie wünschten ihrerseits auf russisch Herrn Schulz langes Leben, Gesundheit sowie eine warme Stube im Winter.

Der Besuch ließ sich nicht lumpen, gab Zeichen, den Anhänger zu entladen, Freibier und Marlboro zu verteilen. Die Kinderchen stürzten sich auf Kaugummi, Schokolade, Coca-Cola. Die Erwachsenen setzten sich auf Baumstümpfe um das Feuer, reichten Wodkagläser herum, leerten sie mit einem Zuge, warfen sie rückwärts über die Schulter, warteten ab, bis die Scherben klirrten, lachten laut. Das Mütterchen bot aus ihrem Kessel Soljanka an, murmelte immer wieder: »Ein guter Mensch, der Herr Kapitalist, Gott möge ihn schützen.«

Mit aufkommender Stimmung legte sich die Befangenheit, man fiel sich in die Arme, küßte sich und sang gemeinsam Kampflieder aus alten Zeiten. Während Hunde jaulend einstimmten, balgten sich Katzen um Reste von Hamburgern, Big Macs.

Seiner Arbeit ging an diesem Nachmittag allein Anatol nach. Wortlos lud er mit Hilfe eines aufmontierten Kranes die schwere Fracht vom Lastwagen ab, stellte sie mitten auf den Platz. Niemand nahm von dem Ungetüm Notiz, einem raketenartigen Gebilde unter der Plane, größer und schwerer als eine Litfaßsäule.

Zu fortgeschrittener Stunde erklomm Herr Schulz ein umgestülptes Jauchefaß, ergriff das Wort zu einer kleinen Ansprache, vom Studenten Anatol simultan übersetzt: »Liebe Dorfgemeinschaft, wie sich jeder überzeugen konnte, bin ich nicht mit leeren Händen gekommen.«

»Spricht gut, das Herrchen aus dem kapitalistischen Westen«, rief ein früherer Kolchosarbeiter dazwischen, spuckte seinen Pfriem im hohen Bogen aus, fortfahrend: »Was soll aber werden, wenn alles ausgetrunken und aufgegessen ist?«

Herr Schulz zeigte lachend eine Reihe frisch implantierter Zähne, klopfte auf seinen Koffer: »Hier drin befindet sich eine Liste finanzkräftiger Investoren, die an Joint Ventures interessiert sind.«

Der Leute bemächtigte sich eine erwartungsvolle Erregung, vermutlich, weil sie sich darunter nichts vorstellen konnten. Sie riefen durcheinander: »Bravo, endlich einer, der uns aus dem Herzen spricht«. »Mütterchen Rußland sei Dank für den Segen«. »Gebt ihm ein Wässerchen zu trinken, vielleicht zweihundert Gramm. So ein Mensch wird nicht einmal wissen, daß Wodka nach Gramm getrunken wird«. »Nasdrowje«.

Der Gemeindearbeiter beeilte sich, eine stets griffbereite Flasche aus seiner ausgebeulten Jackentasche zu ziehen. Er schenkte ein Zahnputzglas voll, reichte es dem Gast. Herr Schulz schluckte, hustete, begann ein wenig auf den Beinen zu wanken, wer will es ihm nach den genossenen Mengen verdenken. Mühsam erkuberte er sich. »Man wird aus Nordostpreußen, dem Kaliningradskaja Oblast, mit vereinten Kräften eine Freihandelszone schaffen, genannt Bernsteinland, Jantar. In diesem paradiesischen Land werden Menschen verschiedener Herkunft und Nationalität friedlich zusammenleben, arbeiten, Handel treiben, Gewinne teilen, keinen Unterschied nach Besitz und Klassen machen ...«

Ein Viehhirte kratzte sich nachdenklich am Ohr. »Liest er uns aus dem Kommunistischen Manifest vor?«

Herr Schulz war nicht zu bremsen. »Freie Marktwirtschaft stellt Ausbeutung vom Kopf auf die Füße. Was ich damit sagen will: jetzt sind Sie an der Reihe, Profit herauszuschlagen, Gewinn. Überall unendlich weite Wiesen. Warum nicht einen Golfplatz daraus machen? Am Waldrand könnte ein Großklinikum für Lungenkranke entstehen, dort hinter dem Teich, warum nicht, ein Einkaufscenter mit Baumarkt, Kinos und Schönheitssalons. In Strömen werden Touristen mit Devisen herbeieilen.«

Der Melker Popow mit dem roten, strubbeligen Haar war begeistert, reckte seine Siegesfaust in den Himmel: »Hört genau hin, meine Brüderchen. Solche Leute hätten wir in der kommunistischen Parteiführung gebraucht, Kapitalisten im ZK in Moskau, dann wäre die Überholung der freien Marktwirtschaft durch Planwirtschaft ein Kinderspiel gewesen.«

Schulz legte seine Stirn in Sorgenfalten, redete sich den Mund fusselig. Die Umerziehung von Menschen sei niemals einfach, der Sozialismus sei daran gescheitert, der Kapitalismus brauche Zeit. Da sei es gut, ein Ziel vor Augen zu haben und selbst Hand anzulegen. »Bei guter Vermarktung des Dorfes braucht niemand mehr zu arbeiten. Man kann sich ins Gras legen und sein Wässerchen in Ruhe genießen.«

»Haben wir das nicht bis jetzt schon gekonnt?«

»Was ich damit sagen will ist, daß Ihnen gebratene Tauben wirklich in den Mund fliegen werden.«

»Also doch ein verkappter Sozialist, der uns das Arbeiterparadies wieder einreden möchte«, murrte der Viehhirte, nahm einen großen Zug aus seiner Flasche.

Herr Schulz hob belehrend seinen Zeigefinger: »Die Zeit ideologischer Streitigkeiten ist vorüber. Der entscheidende Fehler war, die Infrastruktur zu vernachlässigen. Gibt es erst einmal geteerte Straßen, Parkplätze, Hotels, Schwimmbäder und Kläranlagen, ist der Wohlstand nicht mehr aufzuhalten.«

Der Vorsitzende Fedor räusperte sich, trat einen Schritt vor, unterbrach den Redefluß. Er dankte für die wohlgesetzten Worte, schönen Pläne und Versprechungen, sie könnten sich hören lassen; sowas zu beurteilen sei man schließlich geübt. Er möchte nicht unhöflich erscheinen, aber die Kühe müßten bald gemolken werden, kurz, wie wäre es mit einem kleinen Beweis?

Herr Schulz erschrak, sprang vom Jauchefaß. »Beinahe hätte ich mein Geschenk vergessen.«

»So habe ich es nicht gemeint«, wehrte Fedor bescheiden ab.

»Keine Sorge, ein Aufbaufonds der Europäischen Union

hat die Investition als Anschub für eine künftige Freihandelszone Jantar gestiftet. Als Hilfe zur Selbsthilfe.«

»Das können wir nicht annehmen.«

»Auch nicht, wenn Alt-Wusterwitz dadurch Weltniveau erreicht?«

Die Zuhörer nickten ergriffen. So hatten Funktionäre aus Moskau auch immer geredet, die Erinnerung rührte sie. Der Vorsitzende ging auf Herrn Schulz zu, küßte ihn nach gewohnter Sitte auf die Wangen: »Unsere sowjetischen Brüder sind abhanden gekommen, wir haben im Westen neue gewonnen. Darf ich ›Genosse Kapitalist‹ zu Ihnen sagen?«

»Druschba, Freundschaft«, riefen die Leute, füllten die Gläser mit Wässerchen nach. Stimmen wurde laut: »Die Einführung von Marktwirtschaft im Kaliningradskaja Oblast läßt sich gut an.«

Der Gemeindearbeiter Michailowitsch schritt auf wankenden Füßen zur feierlichen Enthüllung des übermannshohen Gerätes, zerrte den Kodder herunter. Was zum Vorschein kam? Ein Denkmal? Mitnichten. Fedor kraulte sich das Haar. Er habe Ähnliches schon mal im Fernsehen gesehen.

»Eine Litfaßsäule?«

»Nicht übel, die Idee«, stimmte Herr Schulz zu, »ein Werbeträger wird sich auch in Alt-Wusterwitz gut machen. Reklame für Schokolade, Kaffee, Zigaretten bringt gute Einnahmen. Das Präsent kann aber weit mehr.«

Die Leute waren verblüfft und verwirrt, tranken auf den Schrecken erst einmal, was wohl, Wässerchen. Herr Schulz überbrückte die lähmende Stille, verkündete stolz: »Was Sie hier sehen, ein kleines Weltwunder, ist eine vollautomatische Straßentoilette. Eine grüne Ampel zeigt an, daß der Automat für die öffentliche Benutzung frei ist. Jeder Bürger kann sie gegen den Einwurf einer Münze benutzen. Für Alt-Wusterwitz eine unerschöpfliche Einnahmequelle mit Zukunft. Nach Eintritt schließt sich die Tür von selbst, spült nach verrichteter Notdurft mit Wasser, reinigt automatisch und öffnet wieder die Tür. High Tech wie in London, Paris ab heute auch in Alt-Wusterwitz!« Erschöpft legte er eine Pause ein.

Zuerst lösten sich Kinder aus ihrer Erstarrung, begannen mit blitzenden Knöpfen und Hebeln zu spielen, strichen zärtlich über die glänzende Lackierung. Mißtrauische Dorfbewohner liefen aus Distanz im Kreis herum, das Wunderwerk von allen Seiten zu bestaunen. Der Viehhirte, des Lesens unkundig, studierte angestrengt die Gebrauchsanleitung.

»Sie ist leider in Englisch abgefaßt«, entschuldigte sich Herr Schulz, »der Automat ist importiert. Für das Know how ist ja unsereiner da. Passen Sie auf.« Die Leute drängten sich um die Eingangstür zur Straßentoilette. Herr Schulz begab sich lächelnd hinein, drehte sich noch einmal um, rief: »Blühe Bernsteinland, Jantar« und verschwand. Die Tür rastete ein, ein Schild zeigte an: BESETZT! Den Leuten verschlug es die Sprache. Was würde jetzt passieren?

Eine Weile tat sich nichts. Später war schwach eine Stimme aus dem Inneren zu hören. »Sie müssen das Stromkabel anschließen und einschalten, schnell.«

Der Vorsitzende Fedor trat dicht an die Toilette heran, formte die Hände zu einem Trichter, bedauerte: »Es tut uns sehr leid, Herr Schulz, wir haben vergessen zu sagen, daß unsere Stromleitung seit Wochen unterbrochen ist. Man hat uns die Reparatur in ein paar Tagen versprochen.«

Die Sache wurde spannend. Das Herrchen Schulz saß fest in seinem dunklen Gefängnis, in panischer Angst wummerte er gegen die Wand des stabilen Gehäuses: »Ohne Licht finde ich die Hebel für den Handbetrieb nicht. Helft mir, Genossen!«

Was es noch zu berichten gibt? Ach so. Herr Schulz konnte nicht ahnen, daß der Genuß großer Mengen Flüssigkeit die Dorfbewohner nach Hause getrieben hatte. Längst saßen sie wie gewohnt bequem in ihren alten, wurmstichigen Klohäuschen mit den ausgesägten Herzen in der Holztür. Gemütlich studierten sie die Propagandasprüche der PRAWDA, bevor sie sich damit abwischten, ganz so, wie es früher bei Ostpreußen auf dem Lande üblich war, nur daß sie damals nicht aus Moskau, sondern aus Berlin kamen.

Die Ausgangsfrage, Herrschaften, möchte versöhnlich beantwortet werden. Zu allen Zeiten hat es die Landschaft geschafft, aus zugereisten Menschen waschechte Ostpreußen zu machen.

Fremdenbesuch aus der Stadt

Es war das vergessenste Stückchen Erde, Radlauken genannt. Eine Ansammlung lose verstreuter Gehöfte im äußersten Winkel von Ostpreußen, wo Litauen, Rußland und Deutschland zusammenstießen. Nicht weit davon, auf der Landkarte zwei Daumen breit, hatten sich 1807 Napoleon I. und Zar Alexander auf einem Floß auf der Memel getroffen. Es sollte damals Niemandsland darstellen und ist es, im Bewußtsein von Ortsfremden, geblieben.

Radlauken erschien in keinen Schlagzeilen der Weltnachrichten. Ist ja verständlich, kein Meerumsegler wurde dort geboren, kein Feldherr, der Napoleon aufgehalten hätte wie Scharnhorst bei der Schlacht von Preußisch Eylau oder ein Musikus wie Otto Nicolai, der die Welt mit seinen »Lustigen Weibern von Windsor« erfreute. Unbekannte Waldarbeiter, Bauern, Korbflechter und etwas dunkle Existenzen wohnten dort, fernab vom Weltgetriebe. Niemand fühlte sich gestört, selbst Hasen regte das Ende der Schonzeit nicht auf; sie wechselten sicherheitshalber nur unbemerkt die Landesgrenzen.

Warum unter diesen Umständen Radlauken überhaupt

erwähnen? Nun, es hat Aussichten, in die Annalen der Geschichte einzugehen, als Fußnote wenigstens. Denn in Radlauken könnte, wer hätte das gedacht, die Gastfreundschaft erfunden worden sein. Die einzige Schwierigkeit bestand darin, daß es an Gästen fehlte, sie unter Beweis zu stellen. Doch warten wir's ab.

Es schlug daher die Nachricht wie eine Bombe ein, daß sich dem Alten Krug ein Herrchen aus der Stadt genähert habe, mit schwarzem Rock und steifem Hut. Die Nachricht sprang wie ein Feuerfunke von Gehöft zu Gehöft, von Kate zu Kate. Der Bullenhalter Klarius sagte es dem Griguleit Karl, der seinerseits den Knecht losschickte, den Flußfischer Zepka Josef zu benachrichtigen. Das Mannche ließ seine Netze, an denen es flickte, auf der Stelle zu Boden fallen und peeste, sein Weib vom Torfstechen zu holen. Bauer Flinse Wilhelm stand breitbeinig in der Mitte seines Hofes, schwang die Peitsche, knallte aus Übermut. Gab Anweisung, Verpflegung für mehrere Wochen zusammenzustellen, auf Leiterwagen zu packen: Gurken, Hühner, Enten, Pellkartoffeln, Eingemachtes, Leberwurst. Knechte und Marjellchen trugen in Eile zusammen, sagen wir dies: Speckseiten, Honig, Kumst, Schmand, geräucherten Fisch, warfen Bettwäsche obenauf, schwangen sich auf die davonpreschenden Pferdefuhrwerke. Unter einer dicken Staubwolke verschwanden sie in Richtung Alter Krug zu einem, Dunnerlittchen, Jahrhundertfest. Unterwegs begegneten sie dem Scherenschleifer Wermeleit Mirka, der schätzungsweise aus dem Litauischen herbeigehastet kam. Er hustete kräftiger als sonst, spuckte seinen Pfriem im hohen Bogen aus, krächzte heiser: »Im Alten Krug soll etwas los sein. Feuersbrunst oder Verwandtenbesuch, was ungefähr auf eins herauskommt. Begossen will alles sein. Macht den Weg frei, vorwärts, keine Macht auf Erden wird mich aufhalten.« Heftig strampelte er mit seinen mageren Füßen auf die Pedale seines verrosteten Fahrrades. Auf dem Gepäckträger lag ein zusammengerollter Sack, aus dem zwei Hasenläufe verdächtig hervorlugten. Die Tierchen waren ihm pünktlich in die Schlinge gegangen, nicht ganz, warum verschweigen, freiwillig. »Selbst wenn der Deibel persönlich nach Radlauken käme«, tönte Wermeleit Mirka durch größere Zahnlücken, »als Gast hat er Anspruch auf saftigen Hasenbraten mit geräuchertem Speck, saurem Schmand; Champignons, Morcheln, Wacholderbeeren, Rotwein und Cayennepfeffer werden sich ebenfalls auftreiben lassen, wenn ihm Hasenragout lieber ist.« Er beschleunigte sein Tempo, rief wild in den Wind: »Notfalls werde ich, Pest und Hölle, einen Kredit aufnehmen.«

Die Kunde von dem zu erwartenden festlichen Ereignis drang über die Gemarkungsgrenzen von Radlauken hinaus. Bis nach Schirwindt oder Schillellwethen legten die Leute ihre Feldarbeit nieder, wuschen sich, legten Sonntagskleider an und setzten ihre Fuhrwerke in Bewegung.

Sehen wir nach, was sich inzwischen im Alten Krug tat.

Der Krugwirt Pachlinski Staniol, ein Gnuspel von Mensch mit flinken Augen, begriff sofort, worauf es ankam. Erstens das Herrchen aus der Stadt aufzuhalten, bis die übrigen Leute aus Radlauken und Umgebung zu seiner Besichtigung eingetroffen waren. Zweitens herauszukriegen, warum das Herrchen überhaupt nach Radlauken gekommen war? Vielleicht hatte man sich bloß verirrt? Unwichtig und überhaupt, Besuch wird nicht ausgefragt, das hatte, wie man so sagt, Zeit.

Das feine Herrchen hatte im Alten Krug Platz genommen, den Hut abgelegt und einen Kragenknopf geöffnet. Pachlinski Staniol näherte sich mit einigen Verbeugungen. »Ich werde«, sprach er entgegenkommend, »dem Herrchen erst einmal ein kleines Frühstück servieren. Nach der langen Reise werden Rühreier mit Speck, Schinken aus der Räucherkammer, frische Milch, Butter und Bienenhonig wohltun als leichte Kost. Damit wird man, hoffentlich, das Stündchen bis zum Mittagessen überbrücken können.«

Das Herrchen nickte erfreut, der Krugwirt entfernte sich händereibend. Für den ersten Augenblick blieb der Gast festgehalten, er rief Pachlinski sogar munter hinterher: »Nicht vergessen, Herr Wirt, etwas geräucherten Fisch dazu, wenn es gefällig ist.«

Der Krugwirt gab die Bestellung in der Küche auf, kehrte zurück, musterte aus gehöriger Entfernung den Gast. Das Herrchen band sich einen Latz um, den es aus der mitgeführten Aktentasche hervorzauberte und veranstaltete Atemübungen, die Luft aus seinem Leib herauszupressen. Die Organe sollten leer und aufnahmefähig sein, sämtlich.

»Die Fingernägel sind sauber«, dachte der Krugwirt, »Landarbeit kommt bei dem Herrchen nicht in Betracht. Ein Fleischbeschauer? Klavierstimmer? Dem ersten Augenschein nach schien die schwarze Jacke des Herrchens ausgeliehen. Einige Fettflecken und Marmeladenreste deuteten auf mehrere Benutzer hin. Auch saß das Gewand vorne und hinten nicht richtig. Im Zweifelsfalle konnte es sich also nur um ein Stück aus dem Leihhaus handeln. Oder gar um eine Uniform? Der Gedanke flößte dem Krugwirt Respekt ein, wahrhaftig, er erschrak, faßte sich ein Herz, trat neugierig einige Schrittchen näher. »Verzeihung, das Herrchen ist nicht zufällig vom Musterungskommando? Wir stehen in Radlauken vor Kornaust, die Jungchens werden auf den Feldern zur Ernte dringend benötigt. Boll Martin beispielsweise hat kürzlich geheiratet und bemüht sich um einen Erben, weshalb es unpraktisch wäre, ihn zur Landwehr oder sagen wir mal zu den Ortelsburger Jägern einzuberufen.«

Das Herrchen blickte verwundert von seinem Teller auf, wies auf eine leergegessene Schüssel, scheuchte freche Fliegen vom Tisch: »Es ist zwar richtig, daß Schweden, Franzosen, Russen und Preußen sich wiederholt um dieses schöne Land bemüht haben. Im Augenblick möchten Sorgen diesbezüglich unnötig sein, sofern man noch etwas selbstgemachte Sülze nachreichen möchte.«

Pachlinski Staniol beeilte sich, zu Diensten zu sein, brachte gleich ein ganzes Eimerchen voll frischer Schweinesülze herbei, die ersten eingetroffenen Gäste mit zu beköstigen. »Greift zu«, rief der Krugwirt, »heute sind alle meine Gäste, sämtlich, weil aus der Stadt ein Herrchen zu Besuch nach Radlauken gekommen ist. In Gastfreundschaft lassen wir uns von niemand überbieten. Spreche ich richtig?«

Die Leute ließen sich nicht zweimal bitten, holten ihre Stullen aus den Fuppchen, puhlten Eier ab, aßen dazu Sülze vom Krugwirt. Wermeleit Mirka, der Scherenschleifer, wie man sich erinnern wird, traf auf seinem Fahrrad ein, staubüberdeckt, rief von weitem mit heiserer Kehle nach Bier und Schnaps. Die Gaststube im Krug füllte sich beängstigend. Die Leute defilierten an dem speisenden Herrchen vorbei, bestaunten ehrfürchtig die schmale Aktentasche neben seinem Platz, begannen laut zu philosophieren. Wozu braucht der Mensch im Leben eine Aktentasche? Um Schmand und Speck in die Stadt mitzunehmen? Der Mitwelt Furcht und Schrecken vor Bürokratie einzujagen? Gebildet zu erscheinen? Das Rätselraten wollte kein Ende nehmen, andererseits gehört es sich nicht, einen Gast auszufragen. Die Anstandsregel wird letztmalig wiederholt, hiermit.

Als der Krugwirt auf dem Feldweg ein zufällig vorbeimarschierendes Regimentchen Soldaten entdeckte, rief er mutig: »Ich werde Befehl geben, Aphrodite zu schlachten, meine letzte Sau, weil wir einen seltenen Gast zu feiern haben. Ihr seid sämtlich, ohne weitere Fisimatenten, eingeladen, ich gebe mein Ehrenwort, herzlich.«

Die verstaubten, verschwitzten Soldatchen ließen es sich nicht zweimal sagen. Legten ab Gepäck und Gewehre und mischten sich unter das lustige Dorfvolk im Saal.

Das Herrchen inzwischen rief nach einem Glas Wein. »Man wünscht sich zu stärken für das Mittagsmahl. Ein Tellerchen vom berühmten ostpreußischen Schwarzsauer, man hat Entsprechendes aus der Küche gerochen, könnte nicht schaden.«

Von Mund zu Mund, wegen drangvoller Enge, wurde der Wunsch des Gastes in die Küche weitergegeben. Nicht viel später wurde eine Terrine mit Suppe über die Köpfe hinweg gereicht. Das Herrchen ließ sich einschöpfen und schnupperte mit der Nase über dem Dampf: »Der Blitz soll mich treffen, wenn ich schon besseres Gänsegekröse mit frischem Blut und Backpflaumen gegessen habe. Sogar die Mehlklöße sind vorschriftsmäßig geformt und abgeschmeckt.« Er krempelte die Ärmel hoch, begann zu löffeln.

So. Bei dieser Gelegenheit entdeckte Simoneit Dietrich, unser Schneiderchen aus dem benachbarten Szameitschen oder Beykuhnen, das herausgerissene Futter im schwarzen Anzug des Herrchens. »Man wird dem Gast das Futter einnähen«, versprach er großmütig, »sowie die Ärmel passend zuschneiden. Es gehört sich nicht, Besuch in schlechter Kleidung herumlaufen zu lassen. Es fällt, wie man sich denken kann, auf die Gastgeber zurück.«

Einige Radlauker machten sich sputig an der Kledasche des Herrchens zu schaffen, zergten, schubsten, hatten im Nu Jacke und Hose in der Hand. Der Anblick der Unterwäsche machte das Frauchen eines anwesenden Gendarmen betroffen: »Das Herrchen hat«, sie faßte sich ans Herz, »ein Loch im Unterhemd. Seine Kleidung zu waschen möchte nicht schaden, mit anschließender Bleiche auf der Wiese, sofort.«

Wahrhaftig saß das Herrchen fast nackt beim Essen, während die Radlauker seine Wäsche in Ordnung brachten. Der Schuster flickte inzwischen die Sohlen. Sein Stolz litt es nicht, einen Gast mit Löchern ziehen zu lassen.

Griguleit Karl nahm einen neuen Anlauf, den Zweck des Besuchs auszukundschaften, mit List, weitläufig ausholend. Ob man den Lehrer oder Herrn Pastor benachrichtigen müsse? So eine Visitation auf dem Land käme meist ungelegen, weil die Schulkinder für Feldarbeit benötigt würden oder der Pastor mit Viehzucht beschäftigt sei.

Das Herrchen spreizte seine Hände abweisend, wischte sich den Mund mit einem Tuch ab. »Herrschaften, ich bin keine Aufsicht«, sprach er, wandte den Kopf und blickte starr zur Küchentür. »Ich weiß nicht, wie es der Krugwirt geschafft hat, aber es duftet, Ehrenwort, nach frischer Wurstsuppe. Am liebsten hätte ich mit ein paar Öhrchen und Meerrettich begonnen, wenn es nichts ausmacht.«

Der Alte Krug war längst überfüllt. Der Saal quoll über. Eine größere Menschenmenge ließ sich auf dem Hof nieder, zündete Feuerchen an, briet darüber Hühner und Würste. Das Herrchen blickte verwundert von seinem Teller auf. »Was wird, frage ich mich, hier eigentlich gefeiert?«

»Rein gar nuscht. Du bist zu Besuch gekommen, Herrchen. In Radlauken kennt Gastfreundschaft keine Grenzen. Auf ein paar Tage oder Wochen kommt es uns nicht an.«

Dem Herrchen gefiel die Rede, klemmte seine Aktentasche unter den Arm, begab sich nach draußen an die frische Luft, wo ein großes Stück vom Schwein an einem Spieß gedreht wurde.

Der Anblick der Köstlichkeit, oder war es der von triefendem Fett, wer weiß, dem Herrchen jedenfalls wurde flau im Magen, es drohte, sich zu übergeben, lief grün im Gesicht an und fiel erst einmal ohnmächtig um.

Sofort wurden Wetten abgeschlossen. »Der Gast ist tot«, darauf setzten die einen, »der Besuch hat sich überfressen«, hielten andere dagegen. Pachlinski Sta-

niol eilte hinzu, beglubschte den auf dem Gras liegen-
den Schaden und entschied salomonisch: »Wir werden
nach Radlauker Brauch in solchen Fällen verfahren.
Man wird den Gast für ein Weilchen auf den Kopf stellen. Entweder ist er gestorben oder er kann in Kürze
weiteressen, nach gehöriger Entleerung. Bis dahin wird
Aphrodite knusprig sein und seine Lebensgeister wieder wecken.«

Wahrhaftig schnappten sich mit geübtem Griff einige
Radlauker das Herrchen, hielten es mit den Beinen nach
oben, schüttelten, rüttelten kräftig, klopften vorne und
hinten und warfen das Männche wirbelnd hoch in die
Luft, mehrmals, bevor sie den Gast auf die Füße stellten. Das Herrchen zitterte, schwankte, wankte auf den
Beinen, bekam die ausgebesserte Jacke zurück,
schlüpfte in die Schuhe, fühlte sich wie neugeboren,
sprach feierlich: »Man ist allen Anwesenden zu großem
Dank verpflichtet, weil es mir möglich ist, an der weiteren Speisenfolge teilzunehmen. Ein Stückchen vom saftigen Braten mit Kruste wäre mir am liebsten«, genüßlich hinzufügend.

Aphrodite war bald aufgegessen. Die Frau des Krugwirts räumte Keller und Lucht leer. Zum Nachtisch
spendierte sie Mohnkuchen, Rhabarbergrütze, Streu-
selkuchen und Schmandwaffeln. Der Krugwirt
schleppte Flaschen unter dem Arm herbei. Das Herrchen saß auf einem Stein im Gras, nahm ein paar
Schlückchen aus einer gereichten Flasche, sprach ungefähr so: »Es geniert mich sehr, die Radlauker Gastfreundschaft auszunutzen. Zum Dank bitte ich euch,
mit mir Brüderschaft zu trinken. Es wird jedem erlaubt
sein, mich mit ›du‹ anzureden.« Er griff nach einem

Gläschen in der Nähe, füllte es und prostete dem Scherenschleifer Wermeleit Mirka zu: »Eustachius, wenn es gefällig ist.«

Wermeleit Mirka ließ sich das nicht zweimal sagen, goß sein Glas randvoll, bis es überschwappte, schüttete es mit einem Zug hinunter, drückte das Herrchen an seine Brust, gab ihm einen Bruderkuß. Der Butsch mit behaartem Kinn rief ein wenig Schauder hervor, hinderte aber nicht, das Herrchen liebevoll anzureden: »Eustachius!«

Die Radlauker folgten verwundert dem Geschehen. Irgendetwas ging nicht mit rechten Dingen zu. Man sagte von kindauf du zueinander. Wozu die besondere Prozedur? Zum Trinken brauchten sie keinen besonderen Grund. Vielleicht war der Gast ein bißchen verrückt. Das sollte nicht hindern, ihm gefällig zu sein. Willig stellten sie sich in Reih und Glied auf, in langer Reihe um Krug, Scheune, Stall und Gärtchen herum, gefüllte Gläser in der Hand, prosteten dem Herrchen Eustachius nacheinander zu, reichten ihm die Wangen zum Bruderkuß.

Das Herrchen, niemand verwundert es mehr, hielt sich tapfer. Trank auf das Wohl der Leute von Radlauken, Schirwindt und Jucknischken, schwankte ein wenig, nachdem das Regimentchen Soldaten abgeküßt war, schnappte nach Luft, als mit dem Bullenhalter, Klarius und dem Flußfischer Zepka Josef Brüderschaft getrunken war. Hätte vielleicht noch dem über die Grenze aus Litauen herbeigeeilten Besuch standgehalten, hätte nicht der Scherenschleifer Wermeleit Mirka mehrmals in der Warteschlange gestanden, seinerseits nicht mehr fest auf den Beinen.

So. Niemand wird erschrecken zu hören, daß unser Herrchen umfiel zum zweiten Mal. Diesmal konnte es sich nicht darum handeln, daß der Besuch zuviel gegessen hatte. Die Gastgeber wußten für solche Fälle Rat. Holten einige Eimerchen kaltes Wasser aus dem Teich, gossen es einfach über den Gast. Er hustete, prustete, erkuberte sich, schlug die Augen auf, rief sogar nach seiner Aktentasche. Erstieg endlich eine Biertonne, hielt eine Festansprache, ungefähr so: »Bevölkerung von Radlauken und Umgebung. Ich habe eure Gastfreundschaft genossen und einige hundert Duzbrüder gewonnen. Ich halte es für meine Pflicht, euch den Grund meiner Anwesenheit zu eröffnen, ohne weitere Umschweife.«

Die Rede gefiel den Zuhörern. Man gab dem Herrchen einen Schluck Meschkinnes zu trinken. Mutig fuhr er fort: »Dringende Amtsgeschäfte führen mich nach Radlauken, weil ich der neue Gerichtsvollzieher bin.«

»Erbarmung«, riefen die wütenden Leute im Chor, »verprügelt den Betrüger oder werft ihn in die Memel.«

Zepka Josef mahnte zur Ruhe und Besonnenheit. »Es ist«, gab er zu bedenken, »mit einem Gast so umzugehen bei uns nicht die Regel. Darf man einmal den Pfändungsbeschluß sehen, bitte schön?«

Das Herrchen nahm einen weiteren Schluck aus der Flasche, bevor es das Papier herabreichte. Zepka Josef studierte den Wisch, gab ihn ungerührt weiter. Das machte: er konnte nicht lesen. Grigoleit verkündete nach längerem Studium: »Die Aufregung ist, verspreche ich, unnötig. Weil der Pfändungstitel auf Aphrodite lautet, die, wie erinnerlich, längst aufgegessen wurde, von dem Herrchen Gerichtsvollzieher einschließlich.«

Das Herrchen, zuerst erbleichend wegen womöglicher Beamtenbestechung, faßte sich und strahlte: »Unter diesen Umständen ist es unmöglich, die Gastfreundschaft zu mißbrauchen. Mein Auftrag hat sich erledigt, darum möchte ich höflich, sofern es keine Umstände macht, um einige Marzipanstückchen bitten.«

Die Feier dauerte bis zum nächsten Morgen. Dann bepackte man einen Wagen, der zum Markt mit Gurken, Zippeln, einer Gos und Differts fuhr. Zwischen Kartoffelsäcken und Kaburrs wurde der schnarchende Gerichtsvollzieher Eustachius festgebunden. Etwas schwiemelig im Deetz zockelte er neuen Amtsgeschäften entgegen.

Unter dem Kruschkenbaum

Immer gab es gute Gründe, nach Ostpreußen zu reisen, der Natur oder Verwandten wegen, sich auf der Kurischen oder Frischen Nehrung zu erholen, Bernstein zu suchen, in Masurischen Seen zu baden, zu angeln, in der Rominter Heide zu jagen. Viele lernten Land und Menschen lieben, teilten schwere Tage, ließen sich von der Lebensfreude anstecken, wurden einheimische Siedler und Kaufleute. Aus der Ferne allerdings sorgten sich Leute um das körperliche Wohlbefinden der Ostpreußen, weil sie gerne und gut aßen, scharfe Getränke und ausgiebige Feste angeblich ihr Seelenheil gefährdeten. Neid oder Ängste? In verschiedenen Epochen brachen Weltverbesserer, Menschenerzieher in das Bernsteinland zur Missionierung, Bürokratisierung, Industrialisierung und Eroberung auf. Soll man es ihnen, wozu auch, übelnehmen?

So ein Land geht nicht unter. Wie aber überleben Menschen, in paradiesischer Natur als Gottesgeschöpfe aufgewachsen, Bestrebungen, sie zu dressieren, drangsalieren, zivilisieren, ihnen Kultur beizubringen, noch dazu beflügelt von den gerne im Reich kolportierten Sprüchen »Bis Insterburg dringt keine Bildung durch« oder »Wo sich aufhört die Kultur, da sich anfängt der Masur«? In Wahrheit Vorurteile, soviel wert wie ein Sack voll Flöhe.

Um ein Haar wären sie sämtlich, Donnerschlag, widerlegt worden, und zwar durch nichts Geringeres als einen großen Erziehungsroman von weltliterarischem Rang, wenn den Autorinnen, denn um zwei handelte es sich, nicht eine etwas peinliche Geschichte dazwischengekommen wäre. Die diskret zu behandelnde Angelegenheit wird darum hiermit unter dem Siegel der Verschwiegenheit, ausschließlich vertraulich, weitergegeben.

Die private Initiative ging von den Schwägerinnen Ulrike und Friderike aus, zwei Madamchens im vorgeschrittenen Alter. Sie hatten das Erziehungswerk »Emile« des großen Pädagogen und Philosophen J.J. Rousseau Wort für Wort studiert, sich pingelig mit den verwerflichen Einflüssen der Zivilisation befaßt, die Menschen in Abgründe und Verderben führten. Die Schwägerinnen bedauerten, daß Rousseau niemals in Ostpreußen gewesen war, bestimmt wäre er, ihrer Meinung nach, inspiriert worden, eine Fortsetzung des epochalen Erziehungsromans zu schreiben. Stellvertretend fühlten sie sich aufgerufen, mit ihren schwachen Mitteln darzustellen, wie lautere, unbefleckte Ostpreußen großzuziehen seien, im Sinne veredelter Natur, das Ideal vom ostpreußischen Mannche an sich. Wenn aus dem großen Vorhaben dennoch kein Erziehungsroman wurde, lag das nur an einem kleinen Malheur, wie bereits angedeutet, eine nochmalige Wiederholung ist nicht vorgesehen.

Sittenstrenge Chronisten hielten niemals den Verdacht für ausgeräumt, daß sich im ostpreußischen Individuum seit der Pruzzenzeit nüchterne Tugenden mit allerlei finsteren Trieben vermischt hätten. Die Lust am Saufen, Rauchen, Raufen, ausgiebig Feste zu feiern, wurde, niemand muß erschrecken, auf dämonische Kräfte zurückgeführt.

Pfarrer Lange aus Insterburg schrieb 1836 zwischen Verzweiflung und Hoffnung auf Besserung seiner Zeitgenossen, daß höchstselbst weiterlebende böswillige Götter zu den Exzessen heidnischer Opfermahlzeiten verführten: »Diese Satane geben uns die Gier auf fette Kost ein, auf Speck und Schmant und Aale. Fett aber verlangt nach Schnaps und Schnaps will wiederum Fett. Und also führen uns diese heidnischen Teufel in einem wahren Teufelskreis herum und machen uns reizbar und anfällig für Tabak- und Sinneslust.«

Sind Ostpreußen verlorene Geschöpfe? Mitnichten. Das Pastorchen sieht Licht am Ende des Tunnels, predigt Zuversicht, wie es sich gehört, setzt auf ortsübliche Erfindungsgabe und Humor als Lebenshilfe. Denn er lobt den Königsberger Klops als Hoffnungsträger, »dieser ist ein vernunftgemäßes und für Christenmenschen unbedenkliches Essen. Und es hat die Stadt Königsberg mit dieser ihrer Erfindung viel für die Tugend getan und darf auf den Klops nicht weniger stolz sein als auf ihren großen Sohn Immanuel Kant.«

Erbarmung, ja, an dieser Stelle bekommen die Schwägerinnen Ulrike und Friderike ihren wohlverdienten Auftritt. Glühenden Herzens vertraten sie den Kategorischen Imperativ des berühmten Philosophen, befolgten sein Sittengesetz und Gehorsamsgebote. Damit nicht genug; was den Genuß Königsberger Klopse anbetraf, überboten sie seine Maxime, indem sie sich jeglicher Fleischeslust versagten. Sie lebten asketisch, frugal, brachten sogar das kantianische Kunststückchen fertig, Freude an strenger Pflichterfüllung zu finden.

Was sie gleichwohl bekümmerte? Mit jedem Jahr, in dem die beiden älter wurden, schwand die Aussicht, eigenem Nachwuchs als Vorbild zu dienen, leibhaftig in Person. Frei heraus gesagt, den Frauchen fehlte nichts weiter als ein, leicht zu erraten, Kind. Woher ein Beispiel nehmen für natürliche, reine Erziehung, einem »Emile« wenigstens halbwegs ebenbürtig?

Selber Muttchen zu werden kam nicht mehr in Betracht, altershalber, wie sich von selbst versteht. Friderike, Lorbasse riefen ihr auf der Straße »Tante« nach, weil sie freigebig an Gnosen und Bowkes Bonbons verteilte, war geschieden. Ihr Mann hatte das Weite gesucht, war ihr fortgelaufen, hatte von strenger vegetarischer Kost ein Magengeschwür bekommen und in Stallupönen die Witwe eines Fleischermeisters geheiratet. Durch Augenschein gewarnt, hatte Fräulein Ulrike, allmählich unter der Haut verwelkend, es gar nicht erst zu einer Annäherung an einen Mann kommen lassen, unmittelbare Enttäuschungen blieben ihr erspart. Über vierzig Jahre waren vergangen, an Hals und Armen zeigten sich erste Fältchen, das hinter dem Haupt zu einem Dutt zusammengeknotete Haar machte sie auch nicht gerade jünger. Wie gerne hätte sie ihre unverbrauchte, aufgestaute Liebe weitergegeben, es genügte ihr nicht, sich über fremde Kinderwagen zu beugen, süßlich »Eia, Popeia, du, du« hineinzuplappern.

Die Schwägerinnen grübelten. Ein Waisenkind adoptieren? Einen Findling durch strenge Geschlechtserziehung vor üblen Erfahrungen mit dem anderen Geschlecht bewahren? Die Wende in ihrem Leben kam beinahe zufällig, alles kommt, wie es kommen soll, sozusagen barfuß, daher. Das konnte ja heiter werden.

Eines angenehmen Tages im Spätsommer, Altweiberfäden schwebten durch die Luft, blickten Tante Friderike und Fräulein Ulrike versonnen aus dem Fenster ihres Hauses auf den Garten am Stadtrand von Tilsit, Pillkallen oder Insterburg, egal. Ihre verträumten Blicke blieben am Kruschkenbaum mitten auf der Obstwiese hängen, an seinen ausladenden Ästen reiften goldgelb, was wohl, Birnen heran. Wespen umschwirrten die saftigen Früchte, Vögel pickten nach Würmern.

Unter den Kinderchen in der Vorstadt galt der Kruschkenbaum der Madamchens als Geheimtip, weil es besonderer Schläue und Geschicklichkeit bedurfte, nicht beim Birnenklauen erwischt zu werden. Zumeist saß jemand hinter der Gardine, riß im Falle der Entdeckung das Fenster auf, rief laut das Gebot »Du sollst nicht stehlen«, bis genügend Nachbarn zusammenliefen, darüber zu plachandern und schabbern begannen, warum häufig ausgerechnet Kinderchen des Pastors mit von der Partie waren.

Unter Jungchen und Marjellchen gehörte es zum guten Ton, Obst zu stibitzen, während zu Hause das eigene im Garten verfaulte. Der Reiz des Verbotenen ist über alle Zeiten hinweg unwiderstehlich geblieben. Die Schwägerinnen störte der materielle Verlust nicht, eher, daß Strafen und Mutzköppe nichts bewirkten. Höchste Zeit, befanden sie, mit der Heranziehung eines neuen Menschengeschlechtes zu beginnen. Aber wie? Tante Friderike hatte die rettende Idee, sich hinter dem Loch in der hohen Hecke, die den Garten umschloß, zu postieren, nach dem Durchschlüpfen der kleinen Diebe das Loch zu verschließen und ein paar Lorbasse einzufangen. Anschließend werde man ihnen einige Lektionen in strenger Sittenkunde und Moral im Sinne der Lehren Immanuel Kants erteilen, ein Notbehelf, eine Zwischenlösung, gewiß, aber besser als nichts. Die Schwägerin war von dem Vorschlag begeistert, band sputig die Schürze ab, zog den Haarknoten fester, legte sich hinter der Hecke auf die Lauer.

Der strategische Plan war wohlüberlegt, die Rechnung ging auf. Mehr als ein halbes Dutzend Lorbasse kroch durch das Loch in den Garten, peeste barft zum Kruschkenbaum, rüttelte an Ästen, schlug mit Knüppeln, warf mit Steinen nach den Birnen. Marjellchen sammelten fleißig die Beute ein, füllten Säckchen, Taschen, Körbe. Gnidderten fröhlich. Auf ein vereinbartes Zeichen, Fräulein Ulrike wedelte mit dem Spitzentaschentuch, sprangen beide Madamchens aus ihrer Deckung, suchten die jungen Diebe einzukreisen und abzufangen. Auf die Schilderung von Jagdszenen muß leider, die Enttäuschung möchte groß sein, verzichtet werden. Die Lorbasse und Marjellchen lachten nämlich dreibastig über die heranstöckelnden Frauchen, schlugen Haken, entkamen in alle Himmelsrichtungen. Aus dem ethischen Unterricht unter dem Kruschkenbaum wurde, mangels Schüler, nuscht.

Ei nei, Glück im Unglück. Ein Gnos hatte sich verlaufen, versuchte über das schmiedeeiserne Gartentor zu fliehen, hatte sich mit seinen kurzen Samthöschen in Zierspitzen verfangen, zappelte jämmerlich. Hilflos gefangen, mit ängstlich aufgerissenen Augen erwartete er die Schwägerinnen, die sich höchst erfreut dem Delinquenten näherten. Sie zogen, hoben ihn auf die Erde, nun stand er da vor ihnen, der Knirps, schuldbewußt, ohne Aussicht zu entkommen.

Friderike sah Ulrike an, Ulrike sah Friderike an. »Hast du den kleinen Wicht bei uns schon einmal im Garten gesehen?«

»Er scheint fremd zu sein. Sieht reizend aus, wir sollten ihn ins Haus mitnehmen.«

Sie faßten ihn gemeinsam an der Hand, führten ihn in die gute Stube. Tante Friderike fischte mit spitzen Fingern aus einem geschliffenen Glasbehälter einen Bonbon, schob ihn dem Kleinen in den Mund, erkundigte sich nach seinem Namen: »Wie heißt du?«

»Alarich.«

»Süß. Fast wie der Zwerg in der Nibelungensage.« Fräulein Ulrike klatschte beglückt in die Hände. »Du bist nicht zufällig von Sensburg, Tilsit, Gumbinnen? Du bist fremd?«

Alarich nickte.

»Hast du Eltern?«

Alarich schüttelte den Kopf.

»Entzückend, wie er das Köpfchen bewegt. Schrecklich, ein hilfloses Wesen einfach auszusetzen, sich selbst zu überlassen. Vermutlich ist er armer Leute Kind. Oder das uneheliche, verstoßene, enterbte Kind eines Grafen, wer kann das wissen? Uns jedenfalls hat der Himmel ein Findelkind geschenkt!«

Friderike schleppte den größten auffindbaren Wäschekorb herbei, staffierte ihn mit Kissen aus, machte Anstalten, Alarich zu entkleiden. »Du wirst müde sein. Wir wollen in die Heia gehen.«

Der Knirps sträubte sich mit Händen und Füßen, wollte

sich losreißen; Ulrike, die weiblichere von beiden, mit üppigen Formen ausgestattet, hielt ihn fest, schließlich sprang er mit einem Satz auf ihren Schoß. Sobald sie ihn zärtlich streichelte, puscheite, beruhigte er sich.

»Wir wollen unser Engelchen Ali nennen, liebe Friderike.«

»Und baldmöglichst adoptieren. Unser Traum ist in Erfüllung gegangen. Unser Erziehungswerk kann beginnen, Generationen werden darüber sprechen.«

Am Anfang waren einige Schwierigkeiten zu überwinden, Ali hatte in den ersten Lebensjahren Unarten angenommen, die es abzugewöhnen galt.

Für sein Alter und seine Größe aß er bemerkenswert gerne geräucherten Speck, Schweinebraten mit Kumst, Sauerkraut aus dem Faß, Grützwurst, Spirgel, Schmandheringe, Glumse mit Kümmel. Für ostpreußische Kinderchen zwar keine ungewöhnliche Kost, niemand ist daran gestorben, jedoch nach Überzeugung der Schwägerinnen der Quell aller Fleischeslust, nicht nur beim Essen.

Fräulein Ulrike griff auf langjährige Selbsterfahrung in der Austreibung von Begierden zurück, geübt in Askese und Selbstkasteiung zögerte sie nicht, ihre Lebensregeln an den kleinen Ali weiterzugeben. Sie kochte ohne Salz, Gewürze, Mostrich, tischte Salate, Spinat, Sauerampfersuppe auf, gab ihm Kräutertee aus der Flasche mit Gumminuckel zu trinken. Anfänglich schien Ali angewidert, er schüttelte sich, spuckte aus, goß den Tee in Blumentöpfe. Mit der Zeit legte sich sein Widerstand, besonders, wenn Ulrike ihn auf den Arm nahm und fütterte. Ali bedankte sich artig, der erzieherische Erfolg konnte sich sehen lassen. Lediglich in seinem Zimmer allein zu schlafen lernte er nie. Ulrike mochte ihn noch so lange in den Schlaf singen, Friderike ihm über den Kopf streichen, dabei summen: »Gucke du, Äuglein zu, du du'chen.«

Ali gab erst Ruhe, wenn er auf dem Schoß von Fräulein Ulrike sitzen durfte, sein Köpfchen an ihren üppigen Busen wie an Kissen gelehnt. Sie schmusten eng aneinandergeschmiegt, die körperliche Wärme und Nähe tat beiden wohl. Sobald Ali eingeschlafen war und sich nicht bewegte, trug Tante Friderike ihn behutsam in ihr gemeinsames Schlafzimmer, legte ihn dort in sein Körbchen. Während sich die Frauen auszogen und zu Bett gingen, plinkerte er mit halbgeschlossenen Augenlidern nur so zum Spaß, wer kann es wissen außer Sigmund Freud? Zu Alis wenigen Unarten zählte, daß er nicht gerne alleine bleiben wollte, namentlich am Badetag. Besorgt schlug Tante Friderike im Brockhaus nach, vermutete ein tiefsitzendes Trauma psychoanalytischen Charakters. Hatte er seine Abnabelung von der unbekannt gebliebenen Mutter nicht verarbeitet? Mit den kleinen, kurzen Füßen trommelte er gegen die Tür, hinter der er Fräulein Ulrike vermutete, schrie, krakeelte fuchtig, bis sie ihn einließ, mit ihm plauderte, während sie sich abseifte und abtrocknete. Unwiderstehlich konnte er sie dabei ansehen, sie herzte ihn, drückte ihn an ihre Brust. Der Kleine schmatzte zufrieden, das Fräulein hörte Laute heraus, die sich wie »Muttchen« anhörten, ihr Herz wollte vor Glück zerspringen.

Fräulein Ulrike lächelte schmerzlich, fühlte sich eins mit allen Müttern der Welt. Was mußte das goldige Kerlchen für eine Rabenmutter gehabt haben? Wieviel

Roheit und Egoismus gehört dazu, so einen Wurm hinter dem Hühnerstall auszusetzen, dem Pastorchen auf die Kirchentreppe zu legen? Schaudernd dachte das Fräulein an das Schicksal solcher Kinder, von einer Wölfin, warum nicht Elchkuh, gesäugt, verstoßen als morganatischer, unehelicher Abkömmling aus adligem Blut. Wieviel verleugnete Kinderchen, in der Rominter Heide ausgesetzt, möchten zwischen Instleuten, Gesinde, Landarbeitern unerkannt ihr Leben fristen wie weiland der in ein Kabuff gesperrte Kaspar Hauser, dessen Vater womöglich Kaiser Napoleon war.

Alis Herkunft blieb ein angenehmes Geheimnis. Die Tage vergingen im Fluge, im Hause der Madamchens herrschte eitel Freude und Sonnenschein, die ersten Bildungsfortschritte ließen sich gut an, die Antragsformulare für die Adoption lagen versandbereit ausgefüllt. Der Kleine schien den Zustand seinerseits zu genießen, wich dem sichtlich aufblühenden Fräulein Ulrike nicht von der Seite, schenkte ihr wilde Rosen, band einen Kranz aus Butterblumen. Die Dankbare begann Tagebuch zu führen, wie es sonst Backfische für die Zeit erster Verliebtheit anlegen.

Mitunter wurde Ali rückfällig, das passierte, wenn das dralle Marjellchen Anna zweimal die Woche kam, in Küche und Haushalt zu helfen. Dann riß sich der Kleine von dem Fräulein los, peeste zu der Jüngeren mit den roten Pausbacken und dicken Zöpfen, ließ sich von ihr auf den Schoß nehmen, mit Königsberger Marzipan füttern, Liebesgeschichten erzählen. Tauchten Handwerker, Briefträger im Haus auf, spielte er, verwunderlich genug, verrückt, tobte, schlug Kabolske, verbat der Marjell, mit den Mannchens Schabernack zu treiben, schimpfte sie Schubjaks, Dammelsköppe, Mistkräts, Piesepampel, der Himmel allein wußte, warum.

Einmal, der Anfall schien besonders heftig, stürzte Fräulein Ulrike herbei, legte ihm die Hand auf die Stirn, erschrak: »Erbarmung, du hast ja hohes Fieber, Ali.«

»Ali krank«, nickte der Kleine.

»Ich bereite Kamillentee zu, sofort, du bekommst Umschläge. Heute nacht schläfst du bei Ulrike.« Ali strahlte. »Ali wieder gesund.«

Leidenschaftlich spielten sie im Garten zu dritt. Die Schwägerinnen hingen der Freikörperkultur an; der Platz unter dem Kruschkenbaum eignete sich vorzüglich, die hohe, dichte Hecke schützte vor neugierigen Blicken nach allen Seiten. Ungestört rollten sie übermütig einen großen Ball, warfen sich Gummiringe zu, hüpften über eine gespannte Wäscheleine, kullerten sich im Gras. Fräulein Ulrike und Tante Friderike jauchzten vor Vergnügen, sie konnten sich nicht erinnern, sich jemals so jung gefühlt zu haben. Ali gnidderte verschmitzt, je toller es zuging. Dank seiner kurzen Beinchen und Arme blieb er den Frauchen hautnah, kamen sie zu Fall, stürzte er sich über sie, kitzelte nach Herzenslust, ihr gemeinsames Lachen wollte nicht enden.

Verschnaufpause. Fräulein Ulrike blickte dankbar zum Himmel. »Ein kostbares Geschenk, unser Ali, wir wollen ihn wie einen Augapfel hüten. Die böse Welt soll ihn nicht verderben, wir halten sie ihm fern. Er soll nicht schlecht werden wie die übrigen Männer.«

Tante Friderike stimmte ergriffen zu. »Ich verstehe, was du meinst. Unsere Lauterkeit soll ihn rein halten, vor Fleischeslust bewahren, um jeden Preis.«

Im Leben kommt alles, wie es kommen soll. Der Menschen Ideale trägt der Wind davon. Aus dem Haus kam die Marjell Anna gelaufen, rief von weitem, ein fremdes Herrchen sei erschienen, unerwarteter Besuch. Die Spielgefährten unter dem Kruschkenbaum fuhren sputig in die Kledasche, begaben sich ins Haus. Dort wartete das Herrchen, stattlich gebaut, in eine Livree gezwängt, zwei Knöpfe wegen des Bäuchleins geöffnet, drehte am Schnauzbart.

»Möchten Sie sich setzen, bitte schön?«

»Danke, man hat es eilig. Der Zug Richtung Königsberg fährt in Kürze ab.«

»Was für ein Zug? Wovon sprechen Sie? Wir haben nicht vor, zu verreisen.«

»Ei nu, es handelt sich ja auch um einen Sonderzug.«

»Was Sie nicht sagen. Ein Sonderzug, interessant. Nur, was hat der mit uns zu tun?«

»Mir wurde berichtet, daß Sie in Ihrem Hause einen fremden Herrn aufgenommen haben.«

»Ach du grieses Katerchen, man hat Sie an der Nase herumgeführt. Bei uns wohnt nur der kleine Ali.«

Alarich zwängte sich durch die halboffene Tür, erspähte den Herrn in Livree, machte auf dem Absatz kehrt, sprang mit einem Riesensatz durch das offene Fenster in den Garten.

»Haben Sie ihn gesehen, mein Herr?« Die Frauchen waren erleichtert.

»Wen?«

»Das erschrockene Jungchen.«

»Sie sprechen von dem Flüchtigen? Das ist unser Herr Kunze.«

»Was Sie nicht sagen.«

»Herr Kunze ist Chef unserer Liliputanergruppe, wir befinden uns auf einer Tournee durch Ostpreußen. Er ist Anfang fünfzig, verheiratet, Vater von vier unversorgten Kindern. Männer neigen in diesem Alter nun einmal dazu, ihren zweiten Frühling auszuleben. Bei Künstlern muß man schon mal ein Auge zudrücken, Sie verstehen?«

Offen gestanden, Tante Friderike und Fräulein Ulrike verstanden nichts mehr. Wie sollten sie auch, längst lagen sie ohnmächtig auf dem Teppich, aus den Pantinen gekippt, wie es sich für Madamchens der feinen Gesellschaft gehört, denen anrüchige Vorkommnisse zu Ohren kommen. Bis zur Niederschrift eines großen ostpreußischen Erziehungsromans wird man sich, nunmehr aus bekannten Gründen, noch etwas gedulden müssen.

Trakehnerblut im Heiratsgut

Tröstlich ist es, zu erkennen, selbst Philosophen können nicht alles wissen. Einer ihrer berühmtesten, Plato, sagte, »der Liebende wird blind in bezug auf den Gegenstand seiner Liebe«. Seitdem gilt: Liebe macht blind. Die alten Griechen konnten nicht von dem ein Weilchen später, 1732 gegründeten Pferdegestüt Trakehnen wissen. Macht nuscht. Gleich gar nicht war dem Philosophen Plato das Bräutigamchen Dubschat persönlich bekannt. Dieses war auf die Trakehner Stute Diana gieprig, zu veredeln seine eigene Pferdezucht durch reinrassiges Blut. Sein Blick war keineswegs getrübt aus Leidenschaft, im Gegenteil, er untersuchte pimplig seine Auserwählte, puhlte in Haaren und Zähnen, zögerte, bevor er um die Hand anhielt der zugehörigen Marjell, oder hatte er doch bloß die Stute im Sinn? Eine solche schwierige Unterscheidung erfordert, mit der Geschichte von der Brautwerbung erneut zu beginnen, von vorne. Gebeten wird lediglich um etwas, sagen wir so, Geduld.

Seit seinem dreißigsten Geburtstag ungefähr ging mit dem Bauern Dubschat Zok eine Veränderung vor. War von stattlicher Statur, das Jungchen, bald zwei Meter groß, im Gesicht ansehnlich mit starken Backenknochen, mit einem Wort, galt als begehrenswerte Partie unter den ostpreußischen Marjellchen im östlichsten deutschen Regierungsbezirk Gumbinnen. Machte sich nur leider nuscht daraus, schien das andere Geschlecht nicht einmal zur Kenntnis zu nehmen. Ob angesichts der seltsamen Unrast des jungen Bauern und alleinigen Hoferben alles mit rechten Dingen zuging? Man plachanderte in der Gegend zwischen Pissa und Pregel darüber so und wiederum so.

Gewiß ist der Zeitpunkt gekommen, Herrschaften, zu erkennen, daß Dubschat keineswegs krank war oder Weiberfeind von Natur. Er war bloß verliebt bis über beide Ohren in ein Pferdchen, hatte sein Leben verschrieben der Zucht von Trakehnern, bei seinesgleichen nicht unüblich. Ist beileibe nicht zu tadeln, wenn ein Mensch fähig ist, im Leben Leidenschaft zu entwickeln. Dichter und Dramatiker hat sie ins Brot gesetzt, bloß wird durch Wallungen der Gemüter manchmal ein Problemchen aufgeworfen, zuerst Verwirrung gestiftet.

In unserem Fall hatte das Jungchen Dubschat die Stute Diana, Trakehner Geblüts, zu seiner Auserwählten gemacht, an sie wird erinnert. Alles hätte er geopfert, um die Vierjährige des Nachbarn in seinen Besitz zu bekommen. Denn es war schon wahrhaftig ein Pferdenarr, das Jungchen, stand nachts mehrmals auf, dem Atem seiner Pferde zu lauschen, ihre Körperwärme zu spüren, ihnen zärtlich über das Fell zu streicheln, wenn sie schliefen.

So erhebt sich denn die Frage, wie ein gesunder Bauer zu Frauchen und Hoferben kommen soll, solange er nichts anderes im Sinn hat als Fohlen und Elchschau-

feln im Brandzeichen bei Pferden? Jedermann wird ein-
leuchten, daß ein kräftiger Jungbauer für ein geliebtes
Frauchen wenig Verwendung hat, sofern er die meisten
Nächte im Pferdestall verbringt statt im Bett.

Dem Nachbarche Kaludrigkeit Samson war solche
Umtriebigkeit nicht verborgen geblieben, beschäftig-
ten ihn doch gewisse Zuchtprobleme auf seine Weise.
Wundern wird es niemand, besaß er doch neben seinem
Bauernhof, fetten Äckern, Schafherden, Herdbuchvieh,
Geflügel, eine Tochter im heiratsfähigen Alter. Das
Marjellchen war keineswegs, wie Pferdezüchter es nennen, krumm, plattfüßig oder ausgedörrt. Im Gegenteil:
Ihr pflückreifes Aussehen zog Freier in hellen Scharen
von Ragnit bis nach Goldap herbei. Ihr wurde angeboten, in einem Forsthaus in der Rominter Heide zu wohnen, mit Kurenkähnen auf dem Haff zu fischen oder in
eine Schnapsbrennerei einzuheiraten, um halb Ostpreußen mit Sprit für Bärenfang zu versorgen.

Kaludrigkeit und sein Marjellchen ließen sich durch die
verlockenden Angebote nicht verwirren, hatten alle-
samt den entscheidenden Fehler, nicht zur Zusammen-
legung der beiden benachbarten Höfe zu führen, von
einem gemeinsamen Erben ganz zu schweigen. Wie aber
bringt man Blut in Adern zum Kochen, werden zwei
Bauerngehöfte zusammengelegt, Nachbarskinder verheiratet, wenn nur eine Trakehner Stute zur Verfügung
steht, die jeder für sich behalten möchte? Nur keine Panik, Herrschaften. Wo anderswo Gemüter sich erhit-
zen, hat ostpreußische Wesensart es selbst in Liebesangelegenheiten mit bedächtiger Grübelei am weitesten
gebracht. Manches Eifersuchtsdrama mit tödlichem
Ausgang, in der Welt oder auf Theaterbühnen, wäre un-

nötig geblieben, hätten es die Parteien mit Sinnieren probiert, ebenfalls.

Dem Bauern Kaludrigkeit Samson war soviel klar: Es muß über das Problemchen plachandert werden, ausführlich, in Ruhe. Als günstigen Standort für den nachbarlichen Meinungsaustausch wählte er mit Bedacht den Holzzaun an der Weidekoppel aus. In der freien Natur würde er seine Stute sowie die Marjell am besten zur Geltung bringen können. Es steht, dachte er bei sich, beider Zukunft gemeinsam auf dem Spiel, außer Frage.

An einem Sonnabend schien ihm der richtige Zeitpunkt gekommen. Dank längerer Beobachtung entdeckte er Dubschat Zok nach Feierabend über einen Holzbalken gelehnt, tief in den Anblick der Trakehner Stute Diana versunken. Der Bauer näherte sich, seine Tochter an der Hand. Stumm stellten sie sich neben den Betrachter, kauten auf Grashalmen herum, schwiegen aufschlußreich in Gemeinsamkeit. Über ihren Köpfen segelten Schwalben in den rotfunkelnden Strahlen der Abendsonne. Nach einem Weilchen hub Dubschat vieldeutig zu reden an, schätzungsweise so: »Du hast großes Glück gehabt, Nachbar Kaludrigkeit, mit deiner Zucht. Man hat vom Nachwuchs einen passablen Eindruck.«

Er hütete sich, seine wahren Gedanken zu offenbaren. So blieb unklar, bis auf weiteres, ob er die Stute oder die Marjell meinte. In keinem Fall wollte er den Preis hinaufdrücken.

Kaludrigkeit, kaum überrascht, seinerseits im Pferdehandel erfahren, wehrte das durchsichtige Manöver ab. Wer etwas an den Mann bringen möchte, zeigt am besten zunächst Lustlosigkeit am Geschäft. Er winkte mit der Hand: »Gib dir keine Mühe, Jungchen, die Stute Diana ist nicht verkäuflich, weil sie meinem Marjellchen seit dem zwanzigsten Geburtstag gehört und auch ihren Namen trägt, wie du weißt.« Seine Stimme wurde leiser, nahm einen lockenden Klang an, als er beiläufig hinzusetzte: »Vor allem gehört die Stute zum Heiratsgut. Man braucht die Marjell bloß zu heiraten, dann gehört sie dazu, die Vierjährige, samt Hof, Wald und allem, was ich besitze.«

Das Jungchen rieb sich nachdenklich am Kinn: »Du nennst die Schwierigkeit beim Namen, Kaludrigkeit. Mit dem Marjellchen Diana verstehe ich mich ohne Frage. Wir sind zusammen aufgewachsen, in die Schule gegangen, haben im vorigen Jahr erstmals zusammen Heu gemacht ...«

»Kodder und Mostrich! Warum wird dann nicht von Heirat gesprochen?«

»Angesichts einer Ehe auf Lebenszeit wollen alle Umstände in Betracht gezogen sein«, sprach Dubschat philosophisch, mit ernster Stimme fortfahrend, »jede Kleinigkeit will mit Sorgfalt im voraus geprüft sein.«

Dem Vater wahrhaftig schwollen die Zornesadern. Er ballte die Fäuste, sprach fuchtig: »Deine Sucht zu prüfen, Donnerschlag, geht mir zu weit. Mir scheint, du hast zur Vertiefung unseres Gesprächs Anspruch auf eine Tracht Prügel, sofort.«

Das Jungchen duckte sich, wiegelte ab: »Ein Mißverständnis, ich spreche von der Stute. Du selbst hast sie als Heiratsgut bezeichnet, spreche ich richtig?«

Der Bauer atmete tief durch, ihm nicht an die Gurgel zu fahren, wartete die weiteren Erläuterungen ab.

»Hast du einmal über Ehe und Mitgift im Zusammenhang nachgedacht, Kaludrigkeit? Letztere kann lebenswichtig sein, wenn der Bräutigam arbeitsscheu und versoffen ist, damit Frau und Kinderchen wenigstens die erste Zeit überstehen und etwas zu essen haben. Erinnerst du dich an den Mühlenbesitzer von Wuscheln? Er führte die Bewerber nächtens durch seinen Besitz, damit sie die Braut nicht bei hellem Tageslicht zu Gesicht bekamen. Bei manchen Volksstämmen soll es Brauch sein, Kühe, Ziegen, Schweine in die Ehe mitzubringen. Angenommen, einem Bräutigamchen wird Mut gemacht auf diese Weise und später stellt sich Rotlauf bei einer Muttersau heraus. Was bedeutet das für die Ehe, sprich?«

»Dreibastigkeiten. Worauf willst du hinaus?«

»Bei einem Pferdchen könnte ja das Blut ebenfalls nicht ganz rein sein. Ein Seitensprung wird so für die Ehe zur Gefahr, ebenfalls.«

»Diana ist selbstredend im Stutbuch für Trakehner eingetragen. Aus dem Stammbuch gehen Abstammung, Bau, Gangart, Höhe einwandfrei hervor, wie sich von selbst versteht.«

»Besteht irgendwie Verwandtschaft mit dem berühmten Hengst Tempelhüter?«

»Gewiß doch. Die Liste bedeutender Beschäler unter den Vorfahren ist beträchtlich. Ich sehe nicht die geringste Schwierigkeit, die vom Trakehnerblut als Heiratsgut ausgehen möchte.«

»Es ist, wie du sagst«, erwiderte Dubschat Zok, »alles einleuchtend. Nur ist es beim Ehehandel wie beim allgemeinen Pferdehandel, sagen wir in Wehlau. Kopscheller malaichen ihre Kunter, täuschen über Zähne, Hufe, Gangart mit Tricks hinweg, steigern mit Schnaps im Hafer das Temperament. Meistens wird mehr verschwiegen als ausgesprochen, bis es zu spät ist. Einem Menschen sieht man auch nicht ohne weiteres an, ob die Vorfahren nach Tauroggen ehrenvoll bei den Yorkschen Regimentern gedient haben oder mit der Gemeindekasse nach Berlin geflohen sind, um eine Beamtenkarriere zu eröffnen. Was den Stammbaum betrifft, so könnten mich deine Angaben beruhigen. Aber sprich, Kaludrigkeit, wie steht es mit der, nennen wir es so, Erbmasse?«

Der Nachbar wies zuversichtlich mit der Hand nach vorne:

»Man möchte nach Belieben bei der Marjell oder Stute persönlichen Augenschein nehmen.«

»Dann scheinen Krankheiten in vergangenen Zeiten niemand geschadet zu haben? Ist überliefert und verbürgt, daß Koliken, Rotz und Kehlkopfpfeifen nicht über Gebühr vorgekommen sind? Weiß man Näheres über Dämpfigkeit, jener Krankheit der Atmungsorgane, wie du weißt, die sich durch kurzes, pumpendes Atemholen als Zusammenziehen der Bauchmuskeln anzeigt?«

»Man kann dich, Jungchen Dubschat, in jeder Weise beruhigen, bei Menschen wie Tieren. Auch in der Familie sind die Vorfahren auf natürliche Weise umgekommen, sämtlich, sei es auf der Jagd, durch Schnapsvergiftung oder weil man sich bei Pferderennen das Genick gebrochen hat.«

»So ist bei euch niemand alt geworden?«

»Das Durchschnittsalter bei den Männern väterlicherseits kann sich im Vergleich zu bemoosten Elchen sehen lassen. Soll ich dir die mütterliche Linie auf Pferdealter umrechnen?«

»Nicht nötig«, Dubschat unterbrach seinen Redefluß, kniff den Nachbarn in den Unterarm: »Das Fleisch ist fest. Was gäbe ich für den Nachweis, daß bei euch niemals die Pferdestaupe vorgekommen ist!«

Seinen flehend zum Himmel gewandten Blick drehte er zur Stute. Die Marjell Diana hatte sich unbemerkt von der Hand des Vaters losgemacht, war durch den Zaun gekrochen, lehnte nun mit dem Kopf am Hals des edlen Pferdes. Das Jungchen Dubschat kam von dem malerischen Bild nicht los, mit wachsender Leidenschaft die Formen des Marjellchens und der Stute Profil traumhaft vermengend. Ein Zittern in der Stimme verriet seine Erregung, mühsam unterdrückte er sein Begehren. »Am Körperbau, dem Exterieur, scheint mir nicht viel auszusetzen.« Am liebsten wäre er nach Züchterart vorwärts gestürmt, die Beine zu befühlen. Er begnügte sich, feierlich beherrscht mit der Hand nach unten zu weisen: »Zunächst wenden wir uns dem Stand zu. Ich erkenne weder eine faßbeinige noch kuhhessische Art der Beinstellung. Diesbezüglich scheint mir keinerlei erbliche Belastung vorzuliegen.«

Das gescheite Marjellchen überhörte geflissentlich das Züchtergerede, benutzte die Gelegenheit, ihren Rock etwas in die Höhe zu ziehen, wohlgeformte Waden bloßlegend. Das Jungchen Dubschat kam nicht von ihrem Anblick los, vergaß seine ursprüngliche Absicht, die Hufe der Stute näher zu betrachten, sich weder einen Bockhuf noch Platthuf einzuhandeln. Die barfüßige Marjell, mit ihren Zehen im Gras spielend, brachte ihn ganz durcheinander. Dubschat gab sich sichtlich einen Ruck, mit der Prüfung der Mitgift fortzufahren. Sein Puls ging schneller, im Deetz wurde es ihm schwiemelig wie nach einer durchzechten Nacht. Mehrmals sagte er sich leise vor, daß der Stute kein Makel anhaften dürfe, solle die Ehe mit Diana glücklich werden. Entschlossen drängte er auf weitere Klärung: »In beiderseitigem Interesse, Kaludrigkeit, möchten wir kein Risiko eingehen, unnötig. Verweilen wir bei der äußeren Beschaffenheit. Schönheit braucht ihre Form bei Frau wie Pferd. So scheint mir die Hinterhand mit Rücken, Kreuz und Hüften in Ordnung zu sein. Wird man jetzt auch die Vorderhand zu sehen bekommen? Kopf, Hals, Schultern mit Bug und Unterbrust sind nun einmal wichtig für jede Zucht, Ehrenwort.« Diana streichelte die Stute, flüsterte ihr etwas ins Ohr. Das rassige Tier wieherte laut, drehte sich leicht dem Betrachter zu. Bei dem Manöver sprang dem Marjellchen ein Knopf an der Bluse auf. Dubschat lief rot an, stotterte, bemühte sich krampfhaft, fachmännisch zu bleiben: »Der Brustumfang ist für einen Warmblüter gewiß ideal, zwischen 182 und 190 Zentimetern. Ich sehe keine Spur von einer Löwenbrust, Ziegenbrust oder Habichtsbrust, wie man sie bei alten Kleppern auf Pferdemärkten zu sehen bekommt.«

Das Marjellchen Diana erglühte bei dem Kompliment, dankte, in Besitzerstolz auf ihre Trakehner Stute weisend: »Wahrhaftig kann keine Rede sein von irgendeiner Vorbugigkeit, wie die Einschnürung der Brust dicht hinter dem Vorderbein auch heißt.«

Eifrig pflichtete das Jungchen ihr bei. Ihr Pferdeverstand versetzte ihn in äußerste Verzückung. Während sie sich den Rock glattstrich, rief er schwärmerisch aus: »Bei Menschen ist die Enttäuschung bekannt, wenn sie sich plötzlich vom Stuhl erheben, weil sie gebeten werden, auf einem Laufsteg entlangzuschreiten. Sie verspielen ihren Kredit durch Haltung und Gang. Die Wertschätzung eines Zuchtpferdes hängt in höherem Maße von seiner Vorführung ab. Könnte man deshalb etwas von Schritt, Trab und Galopp beider zu sehen bekommen, wenn es gefällig ist?«

Diana nickte einwilligend, führte die Stute vorschriftsmäßig im Dreieck hin und her. Dubschat jauchzte innerlich, spuckte anerkennend ins Gras: »Temperament scheint mir allseits genügend, Deibel nochmal, vorhanden.« Ihm wurde warm, er knöpfte sich das Hemd auf, ließ seine behaarte Brust sehen. »Ich entdecke eine feuerige, lebendige Art, wie es sich gehört. Könnte nu die Stute angehalten werden auf der Stelle, bitte schön?«

Er näherte sich daraufhin dem Tier und dem Marjellchen, strich der Stute über den gestriegelten Schweif, kraulte ihre geflochtene Mähne, stieß überrascht einen kleinen Pfiff aus, halb verwirrt, halb beglückt, nach einem Blick zur Seite: »Die Zöpfe des Marjellchens. Nie habe ich welche von angenehmerer Schönheit gesehen.« Seine Körpernähe zu Diana machte ihn ganz jachrig, er schien wie von Sinnen, als er Dianas Kopf betrachtete und geistesabwesend über den der Stute sprach: »Diese edlen Züge und geschwungenen Linien. Für einen Ramskopf oder Schafskopf hätte ich mich schön bedankt. Ein Schwanenhals oder Hirschhals käme für eine Züchtung ebenfalls nicht in Betracht, egal ob man an Hietscherchen oder Gnosen denkt.« Er griff sich an sein Herz, drehte sich dem Nachbarn Kaludrigkeit zu, beschwörend auf ihn einredend: »Die reine Liebe ist über mich gekommen, kein Zweifel. Mir geht es um deine Marjell, Dunnerlittchen, ausschließlich. Ich würde sie auch nehmen, wenn sie lahmen würde, die Trakehner Stute. Ich schwöre.«

Kaludrigkeit Samson hatte die Wandlung des Jungchens mit Wohlwollen beobachtet. Er hätte es nicht gerne gesehen, wenn Dubschat seine Tochter nur der Stute wegen geheiratet hätte. Aber vielleicht war das ein neuer Trick? Als Pferdehändler war er es gewohnt, vorsichtig zu sein. Um sicher zu gehen, provozierte er Dubschat seinerseits, seinen Liebesbeteuerungen Taten folgen zu lassen. Vor allem wurde ein Heiratsantrag benötigt, wie es sich gehörte. Dubschat anzustacheln kam er vom Hundertsten zum Tausendsten zu sprechen, verwies umständlich auf die gute Haferernte im vergangenen Jahr, philosophierte über einen Wurf Ferkel, in Kürze.

Wurde daraufhin ganz fuchtig, das Jungchen, baute sich vor Vater und Tochter auf, ein bißchen blaß, hielt um die Hand des Marjellchens an, ungefähr, niemand wird überrascht sein, so: »Du weißt Kaludrigkeit, daß ich nicht wie ein Don Juan oder Casanova reden kann. Mir steht nur die Sprache eines Pferdezüchters zur Verfügung. Darum schätze ich auch Rasse, unverfälschtes Blut, reine Natur an dem Marjellchen.«

»Fahre fort, mein Jungchen, man hört dir zu.«

»Ihre Stirn ist so schön wie die Cleopatras und durch keine Strichbless entstellt.«

»So ist es uns bekannt.«

»Die Haare befinden sich dort, wo sie beim Vollblut hingehören, keinesfalls an den Beinen.« Hitzig zog Dubschat die Marjell zu sich heran, auf ihre nackten Füße weisend: »Sieh dir die herrlichen Fesseln an!«

Kaludrigkeit Samson traten Tränen in die Augen. Gerührt schneuzte er sich. »Es möchte genügen, Jungchen. Niemals ist zärtlicher um die Hand einer Tochter angehalten worden. Als Pferdezüchter von Trakehnern erkennt man auf der Stelle, wenn von wahrer Liebe und Leidenschaft die Rede ist.«

Weit breitete er die Arme aus, nahm das Jungchen an seine Brust, gab ihm wahrhaftig einen Butsch, worunter man sich einen Kuß vorstellen möchte, auf die Wange. Nach einiger Überlegung verkündete er: »Du bist, Ehrenwort, so erkenne ich, kein Mitgiftjäger. An meinem Vertrauen in dein Wort ist kein Zweifel erlaubt. Die Ehe wird standesamtlich und kirchlich besiegelt sein.« Er rieb sich die Nase, dachte nach, grübelte, bevor er bedächtig hinzusetzte: »Besser wäre allerdings, den Handel mit einem Handschlag zu besiegeln wie unter ostpreußischen Pferdehändlern üblich. Es ist ja bloß, der Himmel weiß, wegen der Sicherheit.«

Daraufhin schlugen sie die schwieligen, kräftigen Bauernhände ineinander, mehrmals. Die Marjell Diana schmiegte sich glücklich an die Brust des Bräutigamchens. Die ihnen nun gemeinsam gehörende Trakehnerstute stieg steil und stolz auf, bevor sie fröhlich wiehernd den Remonten nachgaloppierte.

Genius loci

Ei nei, wie weit is Ihr Romanche, Herr Stremel? Ich habe Ihnen faule Äpfel mitgebracht, ihr Duft soll beim Schreiben helfen. Sagt man nicht so?«

Der alte Sawitzki, Invalide aus dem Ersten Weltkrieg, steckte seinen Kopf durch das Fenster des Gartenhauses, verteilte eine Handvoll matschiger Früchte auf dem Fensterbrett pingelig genau in die Lücken zwischen den Blumentöpfen. Das von Efeu umrankte Holzhaus befand sich im Obstgarten des Gutshofes in Ostpreußen, stand abseits im Schatten knorriger Bäume. In der weitläufigen Anlage, auf blumenreichen Wiesen, weideten Pferde, Kühe, Schafe, Ziegen, gehütet von Sawitzki, der zugleich darauf aufpaßte, daß Lorbasse aus dem Dorf dem gnädigen Herrn keine Kläräpfel oder Kruschkes stahlen. Sie waren für geistige Zwecke vorgesehen, zum Schnapsbrennen.

Hugo Stremel knabberte ratlos am Bleistiftende, mit den Fingern fuhr er sich durch die Haare, einzelne Büschel standen ihm zu Berge. »In der Tat soll Friedrich Schiller nach der Legende faule Äpfel in seiner Schublade aufbewahrt haben. Ich fürchte, mich könnte ein Zentner nicht inspirieren. Seit Tagen habe ich keine

Zeile zu Papier gebracht, schon gar nicht den ersten Satz am Anfang. Kluge Leute behaupten, daß von ihm der Erfolg abhänge. Wie soll ich unter solchen Umständen einen ganzen Roman über Ostpreußen zusammenbringen?«

»Nehmen Sie es nicht so schwer, Herr Stremel. Die Leute wollen nach der Arbeit sowieso was Lustiges lesen. Denken Sie an Frau Karesig.«

»Wer ist Frau Karesig?«

»Eine Marktfrau in Darkehmen. Sie stand auf dem Wochenmarkt und verkaufte Fische. Eines Tages bekam sie Streit mit der Marktfrau am Stand gegenüber, die verkaufte Geflügel, Karnickel, Differts. Erst flogen Schimpfwörter, später Fetzen und Kodder durch die Luft, danach Pferdeäppel, einschließlich. Einer flutschte dem Weibchen Karesig genau in den Mund. Sie übelte, preßte aber die Lippen zusammen, zischte durch die Zähne: ›Olles Mistkrät, dreidammliges, da bleibt er drin, bis der Gendarm kommt und das Protokoll aufnimmt.‹

Nun müssen Sie schon lächeln, Herr Stremel. Kennen Sie das Zitat von dem Bowke Herbert? Nein? Schade. Zitate sind immer gut, sie bereichern ein Buch. Also: Als der Bowke Herbert drei Jahre alt war, ungefähr, bekam er ein Geschwisterchen vom Storch. Die Mutter wollte es in seiner Gegenwart stillen. Sie streifte ihre Bluse ab, machte die Brust frei, legte das Neugeborene an. Der Bowke Herbert glubschte neugierig von unten hoch, kam ins Grübeln, forschte endlich: ›Muß er den ganzen Klops essen, Mutti?‹ Sowas müssen Sie schreiben!«

»Ich werde mich hüten, eher werde ich den Pegasus reiten.«

»Ein Trakehner? Nie gehört.«

»Eine Redensart. Das Flügelroß Pegasus stammt aus der griechischen Mythologie. Dichter, Romanautoren, Schriftsteller reiten auf ihm gewissermaßen symbolisch.«

»Pferde ohne richtig duftende Äppel wird Ihnen keiner in einem Buch über das Pferdeparadies glauben.«

»Sehen Sie es mal so, Sawitzki. Berühmtheiten haben sich vom Geist des Ortes, der Lokalität und Atmosphäre, inspirieren lassen. Goethe schrieb in Weimar, Balzac in Paris, Kafka in Prag. Thomas Mann verbrachte Ferien in seinem Sommerhaus in Nidden auf der Kurischen Nehrung, Ernst Wiechert stimulierten die Wälder und Seen, Hermann Sudermann die Memelniederung, in der er seine Kindheit verbrachte. Warum sollte unsereins, Hugo Stremel, eigens aus Berlin angereist, nicht auf tiefstem Land, in völliger Abgeschiedenheit, seinen Ostpreußenroman in Willpischken oder Alt-Wusterwitz niederschreiben können? Man nennt solchen schöpferischen Ort, besser den Geist, der von ihm ausgeht, Genius loci. Können Sie mir folgen?«

«I wo werd ich. Mit Fremdwörtern kenne ich mich wenig aus. Sie bekommen auch einem Roman nicht gut. Es möchte Ihnen gehen wie meinem Vetter, der in Königsberg gedient hat. Sein Oberst hatte verboten, Fremdwörter zu benutzen. Eines Tages ließ er seine Truppe in Formation antreten, blieb vor meinem Vetter stehen, fragte knapp: ›Zivilberuf?‹

›Haarzubereiter‹, antwortete mein Vetter stramm.

Der Oberst strahlte, erfreut wandte er sich an die übrigen Offiziere und Mannschaften. ›Alle mal herhören. Dieser einfache Mann sagt statt Friseur Haarzubereiter.

Wieder ist ein leidiges Fremdwort eingedeutscht. Die Truppe sollte sich daran ein Beispiel nehmen!‹ Er drehte sich wieder meinem Vetter zu. ›Wo üben Sie Ihren Beruf als Haarzubereiter aus?‹

›Zu Befehl, in Königsberg, Herr Oberst.‹

›Ich meine: wo, in welchem Geschäft?‹

›Jawoll. In der Pinselfabrik glcich hinter der Kaserne, um die Ecke.‹

Die Soldaten gnidderten, der Oberst biß sich auf die Lippen und marschierte weiter die Front ab.«

»Hübsche Anekdoten, kleine Geschichten ergeben leider keinen Roman, Sawitzki.«

»Warum schreiben Sie dann keine langen Geschichten?«

»An einen dicken Familienroman habe ich auch schon gedacht. Ostpreußen hat berühmte Adelsgeschlechter, die Dohnas, Lehndorfs, Finkensteins, Dönhoffs. Doch schreiben sich deren Angehörige ihre Biographien am liebsten selber.«

Sawitzki kratzte sich am Kopf. »An die noblen Herrschaften habe ich weniger gedacht. Unser Großchen beispielsweise liest nachts im flackernden Schein der Petroleumlampe am liebsten Groschenhefte, sie bewahrt sie unter dem Bett in einer ausgedienten Kartoffelkiste auf. Sie bekommt die zerplieserten Hefte von der Frau des Pastorchens, die sie heimlich studiert, nachdem sie die Putzfrau vom Gutshof gelesen hat, eine Schwägerin des Bahnhofvorstehers.«

»Was steht da drin?«

»In den meisten Romanen ist von adligen Herrschaften die Rede. Die Feldherren dienen preußischen, litauischen, polnischen Königen nach Belieben. Während sie im Feld für ihre Vaterländer stehen, sorgen sich die gnädigen Frauen zu Hause um die Aufzucht. Eine böse Stiefmutter möchte das Schloß als Erbin erschleichen, vertauscht ein gräfliches Neugeborenes gegen einen Bastard aus der weitläufigen Verwandtschaft, setzt den legalen Sohn hinter einem Poggenteich aus. Er wird von mitleidigen Instleuten aufgenommen, mit Schafskäse und Ziegenmilch großgezogen, als Pferdeknecht angelernt, aus gräflichen Marjellchen werden Küchenmägde. Im dritten Kapitel kommt gewöhnlich der junge Graf vorbeigeritten, entdeckt so eine Magd auf der Wäschebleiche, ihre Schönheit unter dem Kopftuch, ahnt die Verschwörung. Für ein Pochelchen rückt die Hebamme die echte Geburtsurkunde heraus. Die Stiefmutter wird aus dem Haus gejagd, ihr Bastard landet im Gefängnis oder in der Armee, die Landbevölkerung wird zur Grafenhochzeit, mit Freibier, eingeladen. Wie finden Sie das, Herr Stremel?«

»Umwerfend, Sawitzki.«

»So sagen auch die Frauchen, wenn sie sich bis zum glücklichen Ende durchgelesen haben. Unser Großchen ißt vor Aufregung immer einen Teller Bratklopse leer. Halte ich Sie nicht vom Romanschreiben ab? Ich möchte nicht stören, Herr Stremel.«

»Wo denken Sie hin!«

»Dann möchte ich Ihnen ein Geheimnis verraten. Mein Neffe Walter besucht das Gymnasium in Tilsit und möchte Schriftsteller werden. Er probiert in Geschichten über Ostpreußen Tiere sprechen zu lassen. Soll ich Ihnen mal eine vorlesen? – Danke, ich bin so frei: Vom Hundeleben in bester Gesellschaft. Er schreibt:

»Ach du griees Katerchen«. Der Hund des Grafen

blickte betrübt zum unerreichbaren Hühnerhof hinüber, er lag angekettet, winselte: »Betrachte mich genauer, liebster Tierfreund. Sage mir, ob du keine Veränderung an meinem Äußeren wahrnimmst?« Von oben bis unten sah ich meinen Hundefreund Heinrich von Plauen an, liebevoll, einfühlsam. Miau, nun erst fiel mir auf, daß er statt des gewohnten Halsbandes aus edlem Leder diese gewöhnliche zusammengeschmiedete Kette trug, aus schwerem Eisen, sie drückte ihn zu Boden, in den Staub. Ihr anderes Ende war mit einem Ring an der Hundehütte befestigt. Ein Hofhundschicksal in Ostpreußen, Erbarmung, ohne Zweifel wert, in meinen Katzenerinnerungen festgehalten zu werden.

»Beim gütigen Mauseschwanz«, rief ich verwundert, »was ist geschehen? Hast du deinen gräflichen Herrn verlassen, ungeachtet deiner Ausbildung im Aufspüren, Apportieren für die Jagd und dienst nun als gewöhnlicher Hofköter? Welch ein Abstieg in Anbetracht deines Stammbaumes, Ansehens unter den besten Waidmännern, Förstern, Jägern rund um die Rominter Heide? Was ist mit deinen Auszeichnungen, Ehrenurkunden? Als Kater auf einem Rittergut bin ich nicht ungebildet, dennoch, wie soll ich die schmähliche Veränderung deiner Situation verstehen?«

»Genau genommen, bester Katerfreund«, erwiderte Heinrich von Plauen, »habe ich meinen feinsinnigen Herrn und Rilke-Liebhaber nicht verlassen, er hat mich weggejagt mit Flüchen und Tritten. Zu allem Übel hat er mir mit dem Entzug meiner hündischen Beamtenpension gedroht, ich wurde, wie du siehst, zum ordinären Hofhund degradiert. Nachts kann ich mit den Wölfen heulen. Die letzte Lebensfreude hat mir der Graf genommen.« Müde scharrte er mit den Vorderpfoten im Sand.

»Deibel nochmal. Wart ihr nicht stets ein Herz und eine Seele auf der Pirsch, bei eueren Spaziergängen durch Wald, Wiese, Heide? Habt ihr nicht immer gemeinsam euere Pflicht erfüllt bei der Jagd auf Hirsch, Fasan, Hase, Rebhuhn, Wildschwein, Fuchs, einander in Treue und Liebe zugetan?«

»Wohl wahr«, maulte der Hund unlustig, kauerte sich zusammen, »die Ereignisse verliefen höchst ärgerlich. Schuld am Ende ist meine hochgradige Intelligenz, meine erstklassige Ausbildung zum ostpreußischen Jagdhund, du kennst meine Auszeichnungen und Diplome, von meiner nie erlahmenden Hilfsbereitschaft gar nicht erst zu bellen. Ich verspreche dir: Im Leben ist der Ehrliche immer der Dumme.«

»Gewiß, so höre ich oft den Großknecht sagen, wenn er loszieht, seinen Sonntagsbraten zu wildern.«

»Aus kleinstem Anlaß war ich bereit zu apportieren; ein Wink des Herrn genügte, ihm mein Geschick zu beweisen, ob Feuerzeug, Hauspantoffel, Puschen, Adelskalender, die Georgine, alles schleppte ich herbei, zum Dank nichts erwartend als eine kleine Liebkosung, gute Worte, womöglich Kaldaunen von Feldhasen oder Reh. Abends hörte ich stumm zu, wenn die Jagdgesellschaft vor dem Kamin derbe Geschichten zum Besten gab, sich bei steifem Grog oder Bärenfang amüsierte.« Heinrich von Plauen wischte sich mit den Vorderpfoten über die feuchten Augen, die Erinnerung an die gute alte Zeit nahm ihn sichtlich mit. »Dir ist bestimmt noch gegenwärtig, Katerchen, daß eben dieser, mein früherer Herr, nebenher General der Reserve, eine bildhübsche

Gattin sein eigen nannte. Sie liebten sich auf zärtlichste Weise, mein Ehrenwort, nur überkam beide das Bedürfnis nach Liebkosungen, leider oft und ausgerechnet, wenn er sich außerhalb im Kriegsdienst für das Vaterland übte oder auf Jagd befand. In den seltenen Stunden, in denen der General sich häuslich erkuberte, war wiederum die Gräfin vielbeschäftigt unterwegs, zum Friseur, Einkauf in Insterburg oder auf Besuch.«

»Dunnerlittchen. Ich ahne aufziehen, nennen wir es so, Unheil. Leute sagen: ›Jedet Hüske heft sien Krüzke‹.« Den Ausspruch in Platt hatte der Kater oft bei seiner Lieblingsfrau gehört. Ihm gefiel an ihr nicht nur das seltene Fellmuster, die geschmeidigen Bewegungen, sondern auch, daß sie beim Melker Kullerich wohnte, einem ortsbekannten Gnuspel von Mensch. Für Katzen war er ein Glücksfall, bekam er doch vom Milchtrinken Hautausschlag, weshalb er gleich Bier und Korn trank und seine neun Kinderchen früh anhielt, auf ihre Gesundheit zu achten. Auf diese Weise blieben für Katzen viele Schlubberchen Milch übrig. Von solchen angenehmen Lebensumständen konnte Heinrich von Plauen nur träumen.

Er riß sich von seinen Gedanken los, kehrte in die rauhe Wirklichkeit zurück, der Kater lauschte angespannt: »Eines Tages hatte sich die Trakehner Stute der Gnädigen beim Ausritt den Fuß verstaucht, was zur Folge hatte, daß die Dame des Hauses früher als üblich überraschend zu Hause eintraf. Sie übergab dem Reitknecht das Pferd, schritt gemessen durch den Park auf die Freitreppe zu, in der Hand einen Strauß aus Wiesenblumen, Kornblumen und Mohn für den Gatten.

Dem Grafen blieb auf diese Weise genügend Zeit, wenn

auch sputig, seinen Hausmantel überzustreifen, vor den Spiegel zu treten, Scheitel zu ziehen sowie ein fröhliches Lied zur Begrüßung der Liebsten auf die Lippen zu setzen. Der ebenso glückliche wie unerwartete Augenblick des Wiedersehens berührte die Gatten auf angenehmste Weise, sie küßten sich inniglich, glitten sofort, ungeachtet der hellen Tageszeit, in ihr Schlafgemach.

Was immer mich trieb, Neugierde, preußisches Pflichtgefühl, Instinkt für Gefahren, ich schlüpfte mit ihnen unbemerkt hinein, versteckte mich hinter einem Wäschekorb, nichts weniger im Sinn, als dem Glück der Ehegatten im Wege zu sein. Doch wie der Deibel es will, das Unheil nahm wie in einer griechischen Tragödie seinen Lauf, du kannst es dir beinahe denken, unaufhaltsam.«

»Du spannst mich auf die Folter, Heinrich von Plauen.«

»Gerade hörte ich den Grafen rufen: ›Du Götterweib, liebstes Marjellchen zwischen Pissa und Pregel‹ und sie antworten: ›Mein einziger Schnutziputz, starker Elch‹; in diesem Augenblick höchster Leidenschaftlichkeit also fiel mein geübter Blick auf einen Handschuh, der unter dem ehelichen Bett hervorlugte. Gewohnt zu apportieren, in jedem Falle feindlichen Anschlägen zuvorzukommen, ergriff ich das Stück und sprang damit aufs Bett. Die Gnädige Frau zerrte mir den Handschuh aus dem Maul, empörte sich maßlos: ›Was ist das, Graf? Wo kommt der fremde, parfümierte Frauenhandschuh her?‹ Der Gemahl betrachtete die Fundsache in einiger Verlegenheit, wandt sich, rang vergeblich um eine Erklärung: ›Das Ding wird dir gehören, Liebste, oder jemand vom Gesinde. Ein vergessener Handschuh, wozu die Aufregung?‹

Die Gräfin erbebte, schrie außer sich: ›Das Corpus delicti riecht nach ordinärem Parfüm. Hölle und Teufel, wer war außer dir und mir in unserem Schlafzimmer?‹ Sie machte Anstalten in Ohnmacht zu fallen, als mir ein zweiter Handschuh auffiel, der unweit der ersten Fundstelle lag. Unbemerkt schlich ich mich an, biß fest zu, als auch schon eine Frauenstimme im Schmerz laut aufschrie. Sie gehörte einer Dame unter dem Bett, der es nicht gelungen war, den zweiten Handschuh rechtzeitig von ihren zarten Fingern zu streifen.

Die Gräfin half mir, die Person ans Tageslicht zu zoddern, zerren, zum Vorschein kam ein junges Weibsbild, dürftig bekleidet, das lange, schwarze Haar in höchster Unordnung, so ein Luder. Augenblicklich entstand ein Tohuwabohu, die Fremde versuchte zu entfliehen, am Hemd zurückgehalten von der Gnädigen Frau, indes er einen weitschweifigen Vortrag hielt. Seiner Meinung nach müsse es sich um eine gemeine Diebin handeln. In jüngster Zeit seien in der Gegend auf unerklärliche Weise zahlreiche Hühner sowie Bettwäsche von der Bleiche abhanden gekommen.

Die Gräfin, außer sich, weil er die Stirn hatte, ihr solche primitiven Erklärungen anzubieten, rief nach einem Revolver, worauf ich mich durch einen Sprung in den Kleiderschrank, seine Tür war angelehnt, rettete. Wau, konnte ich ahnen, daß darin der zu früh eingetroffene Hausfreund der Gräfin vor dem Gatten Zuflucht gesucht hatte? Aus Angst vor einem trainierten Jagdhund, zutiefst erschrocken oder aus welchem Grunde immer, stürzte der Liebhaber nun ebenfalls in das Schlafzimmer, laut um Hilfe rufend, ich hielt jedoch den Galan am Hosenbein fest.«

»Du kanntest den Luntruß?«

»Gewiß. Es war der Herr Enspekter vom Gut, der sich mit einem Kodder den Angstschweiß von der Stirn wischte. Die Gräfin erstarrte zur Salzsäule, wurde dann fuchtig, trat mich mit dem Fuß, dem Gatten mit schmeichelnder Stimme erklärend, daß nach reiflicher Überlegung an seiner Vermutung vom sich ausbreitenden Diebstahl etwas dran sein müsse. Mehr, hätte nicht in den Zeitungen gestanden, daß Gauner neuerdings paarweise aufzutreten pflegten, ein Partner zum Ausbaldowern, der andere bereit zur Ausführung der ruchlosen Tat?

Der Graf nickte ergriffen, verdutzt, atmete erleichtert auf, warf unerwartet böse Blicke auf mich, sprach: ›Recht betrachtet, meine Liebste, hat das ganze Malheur dieser Hund, eine schlechte Imitation von einem wohlerzogenen ostpreußischen Jagdhund, hervorgerufen. Ohne ihn hätte es keine Aufregung gegeben, darum wird er zur Strafe zum niederen Dienst als Hofhund abgeordnet, auf der Stelle.‹«

Der Kater schwieg ergriffen, sein Freund Heinrich von Plauen plinste, weinte dicke Kullertränen: »Seitdem liege ich wie ein gewöhnlicher ostpreußischer Hofhund an der Kette bei jedem Wetter. Zu fressen bekomme ich Stintköpfe und Heringsschwänze, von Königsberger Klopsen, gebratenem Ganterchen, gespickten Rehrükken kann ich höchstens, Ehrenwort, träumen.«

Sawitzki steckte das Manuskript zusammengefaltet in sein Fuppchen.

Herr Stremel lächelte amüsiert. »Nicht übel der Text Ihres Neffen, Sawitzki. Sein Talent läßt hoffen. Zwar keine klassische Tierfabel im Sinne der Großen, G. E.

Lessing oder J. Thurber, aber in einem tierfreundlichen Land wie Ostpreußen sollte man wirklich Tiere einmal selbst zu Wort kommen lassen. Ja, die Idee gefällt mir.«

»Darf ich Ihre Beurteilung meinem Neffen ausrichten?«

»Gerne. Ich wünschte, ich wäre auch soweit. Sehen Sie sich das an.«

»Was, bitte schön?«

»Das Fliegengewimmel auf meinem leeren Blatt Papier. Ich werde abgelenkt, bin wie gelähmt, werde wahnsinnig. Keine einzige Zeile heute, geschweige ein Entwurf. Eher könnte ich ein Drama über ›Die Fliegen‹ schreiben als einen Roman über Ostpreußen.«

Der Veteran spannte die Haut über breite Backenknochen, versteckte seine verschmitzten Augen hinter den bis auf einen Schlitz gesenkten Augenlidern. Mit dem selbstgeschnitzten Stock aus Haselnuß klopfte er munter gegen das Holzbein. »Warum nicht über Fliegen, wenn die Örtlichkeit danach ist. Wie nannten Sie doch gleich ...?«

»Genius loci.«

»Also unsereins fand auf dem Dingsbums immer Ruhe, sagen wir, um Schularbeiten zu machen, ungestört.«

»Ein himmlischer Ort. Wo finde ich den?«

»Sie brauchen nur um den Pferdestall herumzugehen, aufs Plumsklosettchen, zur Mittagszeit.«

»Warum zu diesem Zeitpunkt, Sawitzki?«

»Dann sind die Fliegen beim Mittagessen in der Küche, sämtlich.«

Hahn im Korb, pensionsberechtigt

Ganz genau wußte niemand zu sagen, was der Dorfpolizist zu tun hatte. Mikoteit stand in der Gegend
herum, neugierig, ob es für das Auge des Gesetzes etwas
zu sehen gab, erteilte Ratschläge, ob das Wetter ge-
statte, vor Gewitter ein Fuder Getreide einzufahren,
Klee zu mähen. Oft kariolte er auf dem Dienstfahrrad,
einfach so, auf einen ernsthaften Einsatz konnte sich
niemand besinnen, vom Einsammeln Betrunkener abgesehen. Einbrüche verübten allenfalls Füchse in
seinem Revier, für Hühnerdiebstahl war das Förster-
chen zuständig. Erbarmung ja, Gendarm Mikoteit hatte
viel Zeit, Marjellchen beim Kirschenpflücken zu helfen,
mit Vorliebe hielt er ihnen die Leiter, tief in den Anblick
ihrer Waden versunken. Machte sich auch sonst nütz-
lich, gab Meldung, wenn ein entflogener Bienenschwarm an einem Baum hängend gesichtet wurde.
Oder er eskortierte den Kutschgenmann mit seinem
überdachten Pferdefuhrwerk, vollgepackt mit Stunden-
lutschern, Textilien, Tabakwaren, Nähzeug und Küchen-
geschirr. Beim Handel mit Korbwaren, Streichhölzern,
Petroleum, Messern, Peitschen achtete er darauf, daß
alles mit rechten Dingen zuging.

Die dienstlichen Verpflichtungen des Staatsdieners, leicht nachzurechnen, strengten ihn nicht an. Die stattliche Erscheinung von Mikoteit, in den besten Jahren, wie man so sagt, blieb im Vollbesitz der Kräfte, ohne Falten im Gesicht, mit vollem Haar, so richtig zum Puscheien. Stets ausgeruht und gut gelaunt, wurde er zum begehrten Anblick für Frauchen. Näherte er sich auf dem Fahrrad, klingelnd, stob eine Gänseschar auseinander, ruhten die fleißigen Hände der Frauen, in ihre Augen trat ein gewisser Glanz, die Wangen röteten sich auffallend. Das Beamterche war der ansehnlichste Junggeselle im Landkreis, Ehrenwort.

Wer macht sich in solcher Situation nicht Gedanken? Konkurrenz ist ebenfalls vorhanden. Da heißt es Kräfte einteilen, Dorffrieden wahren. Mikoteit wie seine Verehrerinnen wußten den Zustand zu schätzen, ja, sie bauten ihn liebevoll aus. Reihum zu Tisch geladen, lobte er das Können der Hausfrau in höchsten Tönen. Gebräunte Gänsekeulen schätzte er ob ihrer Knusprigkeit, bei Schwarzsauer entdeckte er die köstliche Abstimmung auf süßsauer, zarte Himbeermarmelade ließ er schmatzend auf der Zunge vergehen. Nach jedem Bissen Dampfkarbonade schickte er einen dankbaren Blick zum Himmel. Wundert es, daß die Frauen bald wetteiferten, einander auszustechen, so oft wie möglich ihren Ehemännern vorzuführen, was eine leidenschaftliche Köchin ehrt? Bald kursierten heimlich Listen mit den Lieblingsspeisen des Dorfpolizisten in der Gemeinde. Darunter befanden sich ausgesuchte Spezialitäten, nach dem Doennigschen Kochbuch zubereitet, Schmandheringe mit Pellkartoffeln, Rebhuhnpastete, Hecht im Ofen gedünstet, Karpfen in Bier oder Aal in Gelee.

Hammelrücken verschmähte Mikoteit ebensowenig wie Lungenhaschee und Schweinehirn gebacken. Vor hohen Festtagen half der gewitzte Dorfpolizist ein bißchen dem Zufall auf die Sprünge, sah vorsorglich bei einem Gehöft, aus dessen Küchenfenster es verführerisch roch, wegen vermeintlicher Obstdiebe vorbei. An Schlachttagen im Herbst schützte er, genießerisch über dampfende Wurstsuppe gebeugt, geheimnisvolle Dienstaufträge vor. Stand Weihnachten vor der Tür, sahen seine Fuppchen von Honigkuchen, Pfeffernüssen und Marzipan verdächtig aufgeplustert aus.

Seinerseits war der Dorfpolizist Mikoteit nicht undankbar, zeigte sich nach Kräften erkenntlich, gab Kochrezepte weiter, riet hier, mehr Majoran zu verwenden, dort die Soße mit Schmand anzureichern. Weit verbreitet war sein Ruf als Spezialist am Großen Waschtag. Als einziger Mann half er auf der Bleiche, breitete Wäsche am Bach auf der Wiese aus. Von Zeit zu Zeit wurde sie aus einer Gießkanne übergossen, vor Entenschmutz und Fliegen bewahrt; mit seinem Gummiknüppel schicherte er die Tiere fort. Danach näherte sich der Vorgang seinem Höhepunkt, dem Wäschezusammenlegen, der Zeremonie eines Reihertanzes nicht unähnlich. Zu zweit wird bei diesem kunstvoll-feierlichen Ritual ein größeres Wäschestück an beiden Enden ergriffen, mit jeder Hand zusammengerafft, dann quer und diagonal in die Länge gezogen, ruckartig auseinandergebreitet, hoch in die Luft geschlagen, erneut diagonal gezerrt, bevor die Partner im Rokokoschritt aufeinander zugehen, die Zipfel aneinanderlegen und das Wäschestück zusammenfalten. Dabei können sich die Fingerspitzen der Akteure, Erbarmung, berühren. Manchem Frau chen fuhr dabei ohne weiteres ein heißer Schauer über den Rücken. Versprach Mikoteit gut gelaunt zu allem Überfluß, ausnahmsweise beim Mangeln und Bügeln zu helfen, schien irdisches Glück zum Greifen nah.

Die Männer im Dorf waren, nennen wir es so, beunruhigt. Was konnte nicht alles passieren, wenn sie auf den Feldern waren, auf dem Markt in der Kreisstadt ihre Produkte anboten? Besänftigt waren sie nur, wenn der Dorfpolizist bei ihnen am Stammtisch saß, mit ihnen laut krakeelte. An einem solchen Abend, niemand wußte später, wie es dazu kam, wurde eine Wette abgeschlossen. Die Mannchens wetteten, daß der Dorfpolizist Mikoteit am Ende seine Haushälterin Agathe, ein spachheistriges Weibchen mit üppigem Haarwuchs auf der Oberlippe und Silberblick, heiraten werde. Der überzeugte Junggeselle hielt mit sämtlichen Bier- und Schnapsvorräten im Krug dagegen, magrietsch, umsonst, versteht sich. Niemand wird es verwundern, daß die Stammtischbrüder auf ihren sicheren Sieg zu trinken begannen, erst zögerlich Schlubberchen um Schlubberchen, später in der Nacht machten sie sich über die Flaschen her, die im Krug aufzutreiben waren, sämtlich. Was dann passierte? Warten wirs ab.

Groß war der Schrecken des Krugwirts Simoneit, als er nach Heimkehr von einer Einkaufstour die Kellertür aufgebrochen, das Mobiliar zertrümmert vorfand. Sein Frauchen konnte keine Auskunft geben, hatte sich um Mitternacht ins Bett begeben, die Mannchens sich selbst überlassen. Erkundigungen im Dorf brachten Simoneit nicht weiter, niemand wollte etwas gesehen haben. Ihm blieb keine andere Wahl, als an Einbruch und Raub zu denken. Dafür war niemand anderes zuständig als der Dorfpolizist Mikoteit. Er sputete sich, um bei ihm ordnungsgemäß Anzeige zu erstatten, sofort.

Mikoteit befand sich taubenfütternd vor seinem Haus. Sein Schädel brummte nachhaltig, die frische Luft tat seinem Deetz gut. Simoneit erklärte, daß er ihn in einer dienstlichen Angelegenheit aufsuche, worauf sich Mikoteit die Uniformjacke überzog und den Bürger Simoneit in die Stube bat, um ein Protokoll aufzusetzen.

»Worum handelt es sich, bittschön?«

»Man hat mir sämtliche Schnapsvorräte gestohlen, ist sogar in den Keller eingebrochen und hat den Bärenfang ausgetrunken, den ich zu meiner Silberhochzeit eingelagert hatte.«

»Dunnerlittchen«, empörte sich Mikoteit, »und das ausgerechnet in meinem Revier. Kriminalität hat uns gerade noch gefehlt. Da heißt es den Anfängen wehren! Aber nur keine Panik. Diebe ausfindig zu machen ist für unsereins kein Problem. Wir leben zwar auf dem Lande, sind aber deswegen noch nicht dreidammlig, verstanden?« In seinen Gesichtsausdruck trat so etwas wie Jagdfieber. Im Geiste befaßte er sich mit der Abfassung eines Erfolgsberichts. Vielleicht sprang eine Prämie, Belobigung, gar Beförderung für ihn heraus?

Simoneit nahm auf einem wackligen Holzstuhl Platz, während Mikoteit einen leeren Bogen Papier auf dem Schreibtisch vor sich ausbreitete. Danach säuberte er umständlich sein Schreibgerät, stapelte neben sich Bleistifte und Radiergummis. Er räusperte sich gewissermaßen amtlich. »Ihren Namen und Vornamen, Simoneit, wenn ich bitten dürfte.«

»Den weißt du doch.«

»Dienstlich weiß ich überhaupt nuscht. Ich bitte die Amtshandlung nicht weiter zu stören.«

»Meinswegen. Kurt Simoneit heiße ich.«

»Geboren?«

»Durchaus.«

»Wann?«

Der Krugwirt nannte das Geburtsdatum. Der Gendarm notierte.

»Die Ehefrau?«

»Else Luschnat, geborene. Was soll der Unsinn? Ich denke, es wird nach dem Dieb gesucht?«

»Der Reihe nach. Es wird angeordnet, hiermit, Ruhe zu bewahren. Die Personalien gehören nun einmal dazu. Vorschrift! Also, du warst am fraglichen Tage zum Pferdemarkt unterwegs?«

»So ist allgemein bekannt, denke ich.«

»Zur Sache. Worüber soll Anzeige erstattet werden?«

»Raub. Man hat meinen Keller ausgeraubt. Einbruch und Sachbeschädigung.«

»Keine voreiligen Schlüsse. Dafür ist das Gericht in Gumbinnen zuständig.«

»Ei nu, in meinem Keller wurde eingebrochen, kein Zweifel.«

»Wie?«

»Zuerst wurde die Tür, das heißt, das Schloß gewaltsam aufgebogen und dann die Tür ...«

»Was is denn nu kaputt, die Tür oder das Schloß?«

»Kodder und Mostrich. Beides natürlich.«

»Es wird, Simoneit, hiermit um mehr Sachlichkeit gebeten. Inmitten einer dienstlichen Amtshandlung wird nicht geflucht. Man wird wohl zwischen einem Vorhängeschloß und einer Tür unterscheiden können? Was ich wissen möchte ist: wo wurde Gewalt angewendet? Womöglich war nicht richtig abgeschlossen, dann scheidet Einbruch aus von vornherein.«

»Das Schloß ist koppheister, endgültig.«

»Was wurde gestohlen?«

»Meschkinnes, vor allem, mein bester.«

»Wieviel Flaschen?«

»Sieben, mindestens.«

Der Gendarm Mikoteit zuckte zusammen. »Ach Gottchen, wenn die einer ausgetrunken hat, müßte er tot im Gebüsch liegen. Nicht weniger? Mit falschen Angaben machst du dich strafbar, Simoneit.«

»Vor mir ist der Dieb an der Reihe, wenn es eine Gerechtigkeit auf Erden gibt.«

Mikoteit beendete seine Aufzeichnungen, erhob sich, strich die Uniform glatt, sprach amtlich: »In unserem Dorf wird ein solches Verbrechen unnachsichtig verfolgt und aufgeklärt. Ich nehme auf meinen Eid, daß ich den Täter stellen werde, ohne Ansehen der Person. Zuerst wird eine Ortsbesichtigung angeordnet, zwecks Spurensicherung, so lautet die Vorschrift.«

»Was ist darunter zu verstehen?«

»Fußabdrücke, meinetwegen. Manchmal bleiben Werkzeuge zurück, Haarlocken, Kledaschen, Pungel oder ein ausgespuckter Pfriem. Gehen wir.«

Mikoteit und Simoneit brachen zum Krug auf, dort spendierte die Wirtin einige Gläschen neubesorgten Schnaps, zur Schärfung der Sinne. Ihr Angebot, sich in der Laube mit Bratklopsen zu stärken, wies er, vorläufig, zurück. »Wo denkst du hin? Im Dienst wird nicht pussiert. Zuerst nimmt die Gerechtigkeit ihren Lauf.«

»Warum die Aufregung, Mikoteit? Das Schloß kostet

nicht viel. Was den Meschkinnes angeht, wird der Verlust die Leber meines Mannes vorübergehend entlasten.«

»Schabernack. Man wird dem Gesetz Achtung verschaffen, die Aufdeckung der ruchlosen Tat duldet keinen Aufschub. Der Täter muß zur Strecke gebracht werden, von mir. Danach wird man über ein Stückchen Schweinebraten mit Kruste sprechen können, in Ruhe. Habe ich mich deutlich ausgedrückt?«

Seufzend wandte sich die Krugwirtin ab. Ihr Mann kam mit einer Eisenstange in der Hand aufgeregt angelaufen. »Die Tatwaffe ist gefunden. Es war, ohne Frage, die Brechstange.«

»Sie ist, Simoneit, hiermit beschlagnahmt.« Der Gendarm nahm die Brechstange in seine kräftigen Fäuste, klemmte sie probehalber in ein unversehrt gebliebenes Schloß zu einer anderen Kellertür. Krachend sprang es entzwei, die Tür splitterte, der Polizist nickte zufrieden. »So dürfte der Tathergang gewesen sein. Der Täter muß meine Statur und Kräfte haben, beispielsweise. Gesucht wird ein ausgeruhtes Mannche, deshalb möchte jeder vortreten und seine Muskeln zeigen, auf der Stelle.«

Die inzwischen in größerer Anzahl versammelten Männer schoben sich nach vorne, streiften die Ärmel hoch und zeigten ihre Muskeln, die der Gendarm wie auf einer Viehauktion befühlte. Die Schwächlinge ließ er rechts wegtreten, kräftige Jungchen blieben wenig übrig. Unzufrieden schüttelte der Polizist den Kopf. »Niemand könnte es, stelle ich fest, mit mir aufnehmen. Darum wird zur Lokalbesichtigung geschritten. Man folge mir, in gehörigem Abstand, nach.« Forsch stieg er in den Keller, zielsicher den Weg nehmend wie eine betrunkene Horde in der Nacht.

»Seht her, so muß man eingedrungen sein!«

Eine große Schar Neugieriger drängte in den Kellereingang, quetschte und schubste nach vorne. Etliche benutzten die Gelegenheit, den Keller nach weiterem Meschkinnes zu durchsuchen, dabei gingen die letzten heilgebliebenen Weckgläser zu Bruch. Ein Lorbaß bückte sich, hob etwas auf, plinkerte ihm verdächtig zu: »Ich habe einen abgebrochenen Knopf gefunden, am Tatort!«

»Beschlagnahmt«, entschied der Gendarm sputig, wikkelte das Corpus delicti in sein Taschentuch, sprach: »Die Untersuchung ist an einem entscheidenden Punkt angekommen. Der Fall steht kurz vor seiner Aufklärung. Es wird, verspreche ich, eine Verhaftung geben, in Kürze.« Etwas leiser fügte er hinzu: »Und wenn nicht alles täuscht, steht eine Beförderung, Gerechtigkeit muß sein, bevor.«

»Was hast du vor?« erkundigte sich der Krugwirt Simoneit.

»Schluß endgültig mit der Duzerei. Jeder begibt sich nach Hause, sofort, und wartet an Ort und Stelle, bis die Staatsgewalt eine Hausdurchsuchung vorgenommen hat. An wessen Jacke der halbe Knopf fehlt, der ist der Täter, ohne jeden Zweifel, ein kriminelles Subjekt.«

Eingeschüchtert verdrückten sich die Leute, sahen zu, daß sie nach Hause kamen. Der Gendarm machte sich zur Amtshandlung auf. Unterwegs, auf dem Wege zur ersten Hausdurchsuchung, begegnete Mikoteit seiner Haushälterin Agathe, ihr Haar war aufgelöst, die dürren Beine zitterten.

»Wo peest du hin?«

»Zum Kaufmann.«

»Warum?«

»Einen neuen Knopf und festen Zwirn holen. An deiner Jacke, Mikoteit, ist ein halber Knopf abgebrochen.«

Das Ende des Kriminalfalles ist rasch erzählt, wen kann es überraschen? Vergeblich warteten die Dorfbewohner in ihren Häusern auf den Gendarmen, der niemals eintraf. Der Gemeindediener klingelte die frohe Botschaft aus, sie lautete: die Hausdurchsuchungen sind abgesagt. Im Namen der Obrigkeit. Nach einem Schlubberchen zur Stärkung verkündete er das Aufgebot für Agathe und den Dorfpolizisten Mikoteit.

Erbarmung, was nu? Heirat war die einzige Möglichkeit, das schabbernde Weib zum Schweigen zu bringen; kein Gericht der Welt kann Eheleute zwingen, als Zeuge gegen den Partner auszusagen. Der Einbrecher wurde niemals entdeckt und gefangen, Ruhe und Frieden kehrten wieder ein. Die Dorfbewohner waren sich nur nicht sicher, ob die ungewohnte Übellaunigkeit ihres Polizisten Mikoteit auf den Mißerfolg, ausschließlich, zurückzuführen war.

Kaum zu glauben

Die Stammtischbrüder im Krug »Zum bemoosten Elch« lehnten sich bequem auf ihren Sitzbänken zurück. Beim allmonatlichen Erzählabend war der Förster Grigoleit an der Reihe, eine erfundene, jedoch höchst glaubwürdige Lügengeschichte zu erzählen. Wer es aus der Runde am besten konnte, erhielt jedes Jahr zu Silvester, nach geheimer Abstimmung, einen Preis. Dafür mußte der Sieger Pillkaller spendieren, magrietsch, umsonst.

Grigoleit zierte sich, es liege ihm nicht, viele Worte zu machen, vor allem geniere er sich, statt Jägerlatein aus dem wirklichen Leben eine Geschichte vorzutragen, die eigentlich aus lauter Witzen bestehe. Witzbolde seien ihm zutiefst zuwider. Schließlich könne er sich, wie die meisten Menschen, überhaupt keine Witze merken. Lediglich der ungewöhnliche Umstand, daß seines Wissens bis zu diesem Tage niemals Witzeerzählen auf der Erde Menschenleben gerettet habe, bewege ihn, eine Ausnahme zu machen. Die Stammtischbrüder drängten: »Keine Fisimatenten, Grigoleit, du bist nun mal an der Reihe. Spute dich.«

Der Förster zündete gelassen seine Tabakpfeife an,

nahm ein Schlubberchen aus seinem Glas Rotspon, plinkerte lustig mit den Augen über den Tisch. Sollte wohl bedeuten, auf eure Verantwortung. Also:

Diese ostpreußische Winternacht werde ich niemals vergessen. Schneesturm fegte seit Tagen über das flache Land am Rande der Rominter Heide, vom Mondche war im Stockdustern kein Schimmer zu sehen, die Pferde vor dem Schlitten keuchten, rangen nach Atem, dampften. Wir drei Fahrgäste, der Tierarzt Pruster, das Pastorchen Domat und ich, schwiegen ziemlich mitgenommen, in dicke Pelze gehüllt, klirrender Frost klebte die Nasenflügel zusammen. Die Augenlider hielten wir zum Schutz vor Schnee mit Eisprickeln geschlossen, es gab ohnedies nichts zu sehen, keine Hand vor den Augen, nicht die flackernde Laterne.

Unser alter Kutscher, vornübergebeugt, die geröteten Augen starr auf die schwarze Finsternis gerichtet, war gewöhnlich nicht leicht aus der Ruhe zu bringen. Diesmal schien er seit einer Stunde nicht sicher, ob die Schlittendeichsel in Richtung Gumbinnen oder entgegengesetzt nach Goldap wies. Wozu auch. Eine bessere Orientierung hätte wenig genützt, das Gespann war in einen zugestiemten Hohlweg geraten. Die Pferde sanken bis zum Bauch in weichen Schnee, ruckten noch einmal an, schleppten sich einige hundert Meter weiter, blieben im Schutz der Bretter einer Holzwand stehen, Kodder und Mostrich, unwiderruflich.

Die Heimfahrt von der Jagdgesellschaft war vorläufig unfreiwillig beendet. Wegen der großen Entfernung hatten wir in einem Krug, Fremdenzimmer waren vorbestellt, Zwischenstation machen wollen. Nu war alles futsch. Wir wußten nicht einmal, wo wir uns befanden.

Der Kutscher pustete sich Eiszapfen aus dem Gesicht, die an seinem Schnurrbart baumelten: »Erbarmung, Herrschaften, die Pferde können nicht weiter, sie müssen ausruhen. Die Holzbretter lassen die Rückwand eines Schuppens erahnen. Ich werde ein Feuerchen anzünden und einen starken Seelenwärmer brauen, Grog von Rum. Am hellichten Tag möchte man weiterfahren.«

Mit steifen Gliedmaßen, halb erfroren, kletterten wir aus dem Schlitten, vertraten uns in dem kleinen Holzschuppen die Beine, bis das zwischen aufgehäuften Ziegelsteinen angepeserte Feuer zu wärmen begann. Kaminski, so hieß unser Kutscher, hatte einen Wasserkessel organisiert, kochte darin geschmolzenen Schnee zu Grogwasser auf. Den Rum zauberte er aus einem Fuppchen hervor. Bald huckte die kleine Gesellschaft vor dem Feuer aus Holzkloben, in den Händen Becher mit steifem, dampfenden Grog. Wir wurden zunehmend heiterer im Deetz, wie man sich denken wird, während draußen der Sturm an den Brettern von Tür, Wänden und am Dach rüttelte.

»Schneidender Ostwind kann einem schön zusetzen«, bemerkte unser Tierarzt, »jeden Winter erfrieren Leute in Schneekuhlen oder Straßengräben. Da helfen nicht einmal die landesüblichen Rettungsversuche mehr, aufgefundene Opfer mit Schnee tüchtig abzureiben.«

Das Pastorchen Domat warf einen Blick himmelwärts: »In solchen Grenzsituationen, wenn es um Leben und Tod geht, ist es gut, wenn Menschen eng zusammenrükken und einander wärmen.«

Kutscher Kaminski runzelte die Stirn. »Dazu möchte es nicht schaden, etwas zu unternehmen, sich zu bewegen.

Beispielsweise könnten wir reden, plachandern, schabbern. Solange einer redet, denke ich mir, ist er am Leben und nicht erfroren. Wer weiß, was uns in dieser Nacht noch erwartet. Warum nicht Wippchen, Anekdoten, Schabernack austauschen? Lachen soll gesund sein.«

Angesichts der notvollen Lage schien uns der Vorschlag abwegig. Andererseits wollten wir Kaminski nicht weh tun, zumal wir keine bessere Idee hatten. Wir ermunterten den Veterinär Pruster zu beginnen, so bestand Aussicht, wach zu bleiben, uns womöglich beim Lachen zu bewegen. Der Erfrierungstod ist bekanntlich des Schlafes Bruder. Der Tierarzt ließ sich nicht lange bitten, eröffnete mit diesen Worten: »Vorhin auf dem Schlitten wäre ich beinahe schneeblind geworden. Auf alle Fälle konnte ich so wenig erkennen wie unser Jagdfreund, der bekanntlich sehr kurzsichtige Rittmeister a.D. von Keilchen, ein leidenschaftlicher Jäger. Nach jeder Drückjagd auf Wildschweine läßt er die Treiber antreten und abzählen, sämtlich.«

»Wozu, lieber Pruster?« erkundigte sich der Pastor.

»Er pflegt zu sagen: ›Wenn alle Treiber vollzählig am Leben sind, ohne Ausnahme, dann muß es ein Keiler gewesen sein, den ich getroffen habe.‹«

Der Kutscher Kaminski gnidderte fröhlich, rieb sich vergnügt die Hände: »Sie werden es kaum glauben, Herrschaften, ich kenne eine ähnliche Geschichte mit anderem Ausgang.«

»Nur zu, erzählen, Kaminski«, drängten wir, »die Nacht kann lang werden. Wir sind froh, wenn uns der Stoff nicht ausgeht. Fällt einem nichts mehr ein oder kann er nicht zuhören, weil er einschläft, könnte das für ihn ohne weiteres den Tod bedeuten.«

»Sagen wir so. Mein Vetter Knubbel war Treiber auf einer Jagd und hat mir als Zeuge der Vorkommnisse berichtet. Den lieben Tag lang hatte es wenig zu essen gegeben. Abends wurde für die ausgehungerten Treiber in einem großen Kessel Rinderfleck gekocht. Das dauerte ein gehöriges Weilchen, einige Mannchens schliefen übermüdet auf dem Waldboden ein. Sobald die Suppe endlich fertig war, begannen die wachgebliebenen Treiber sie sputig auszulöffeln. Als der Kessel fast leer war, erschraken sie. ›Herrjehchen, was geben wir den anderen zu essen?‹ Was nu? Sie berieten so und wieder so. Am Ende beschlossen sie, eine alte, überflüssige Lederweste zu opfern, schnitten sie in kleine Stücke, ›damit e bißche Dickes inne Supp kommt‹, schütteten reichlich Wasser darüber. Danach wurde das Feuer erneut angefacht, abgewartet, bis die Suppe gut durchgekocht war. Die inzwischen aufgewachten Treiber begannen gierig ihr Rinderfleck zu löffeln, aufmerksam beglubscht von ihren schlauen Kameraden. Die meisten schmatzten zufrieden, nur ein Gnuspel von Mensch zeigte sich nachdenklich: ›Ich hab immer gewußt, daß Ochsenfleisch zäh sein kann, könnte ja auch mal, warum nicht, ein Treiber dazwischen kommen. Bekannt is auch, daß Kaldaunen in Königsberger Fleck gehören, mit Majoran, versteht sich. Verwundern möchte mich bloß, warum diesmal Knöppe an die Kaldaunen genäht waren?‹«
Wir prosteten uns zu, ich war an der Reihe.
»Wir Jäger werden zu Unrecht für einfältig gehalten, jedenfalls was die Unterscheidung zwischen Freund und Feind betrifft. Wie stehts damit beim Militär? Ich entsinne mich des Großvaters selig unseres Gutsherrn, dessen Sohn in den ersten Krieg zog, den Preußen und

Bayern, zuvor verfeindet, gemeinsam 1870/71 gegen Frankreich führten. Der Sohn schrieb als Soldat einen Brief nach Hause: ›Lieber Vater! Zwischen Preußen und Bayern bestehen viele Vorurteile. In Wahrheit ist alles ganz anders. Auf unserer Stube sind wir acht Preußen und drei Bayern zusammen.‹ Darauf schrieb der Vater aus Berlin zurück: ›Lieber Sohn! Gratuliere herzlich, bin stolz, daß Ihr schon drei Gefangene gemacht habt.‹«

»Über militärische Zählkünste mache ich mir als Pfarrer eigene Gedanken. In der Schule habe ich gelernt, daß in der Schlacht bei Kunersdorf im Siebenjährigen Krieg die Prozentrechnung erfunden wurde.«

»Wie das, Pastorchen?«

»Als Friedrich der Große von seinem Feldherrnhügel aus erkannte, daß die Schlacht unter herben Verlusten verloren ging, gab er Befehl: ›Adjutant, lasse er zum Rückzug blasen. Die Armee hat 80 Prozent Verluste!‹ Nach dem Signal und laut ausgerufenen Befehl drehte sich ein Regimentskommandeur auf seinem Pferd im Sattel um, schrie im Schlachtenlärm nach hinten: ›Betrifft mich nicht, Majestät, mein Regiment hat bloß noch 60 Mann.‹«

»Erbarmung, unser Pastorchen möchte von der eigenen Zunft ablenken. Wie war das noch gleich, lieber Domat, mit jenem Marjellchen, das Ihrem Berufskollegen sündhafte Gedanken beichten wollte?«

»›Was hälst du für sündig?‹ erkundigte er sich bei ihr. ›Daß ich so schön bin!‹

Das Pfarrerche beruhigte sie knapp, trocken. ›Irrtum ist keine Sünde, Marjellchen.‹

Oder als der Pastor in Spirgeln war, den Bräutigam vor

der Trauung streng anglubschte: ›Hast du geprüft, ob ihr überhaupt zusammenpaßt?‹

›Ei der Deikert‹, sagte der Bräutigam, ›nu möchte ich mich blamieren. Sag ich jetzt ja, is mein Bräutchen blamiert, sag ich nei, bin ichs am End vielleicht selber.‹

Grämen Sie sich nicht, lieber Domat, Ihren katholischen Amtskollegen und Schwestern wird ohnedies mehr Humor nachgesagt als strengen Pietisten und puritanischen Protestanten. Zum Glück haben wir das katholische Ermland, die Gegend um Allenstein, Elbing, Marienburg, das südliche Masuren. Dort muß ich dies gehört haben: Ein einfacher Landarbeiter, verwandt mit einer Nonne, spricht an der Klosterpforte vor, bittet, seine Cousine Schwester Irmtrudes besuchen zu dürfen. Die Schwester Pförtnerin hebt sanft die Augenbrauen. ›Wissen Sie nicht, daß die Nonne inzwischen Ehrwürdige Mutter geworden ist?‹

›I wo werd ich‹, faßt sich der Vetter, ›von mir aus kann sie ihr Kindchen ruhig mitbringen.‹

Mit der folgenden kleinen Begebenheit möchte ich meinen Beitrag abschließen und das Wort weitergeben: Ein Lehrer im Priesterseminar, in Ehren, Zucht und Enthaltsamkeit ergraut, belehrt seine Schüler: ›Glauben Sie ja nicht, daß Sie durch die Priesterweihe vor fleischlichen Gelüsten gefeit sind. Sie müssen schon selbst etwas gegen triebhafte Gelüste tun, indem Sie etwa Diät einhalten, salzlos essen. Vor allem: Essen Sie in Bedrängnis, im Zweifelsfalle Salat, viel frischen grünen Salat!‹

Nachts gegen ein Uhr wird die Tür zum Schlafsaal aufgerissen, ein Seminarist stürzt erregt heraus, lehnt sich weit über das Geländer des Treppenhauses, schreit in die Tiefe: ›Küchenschwester, Salat, Salaaaat!‹«

Pastor Domat hatte still schmunzelnd zugehört. »Wir wollen nicht vergessen, daß es in Ostpreußen die erste Evangelische Landeskirche gab und den einzigen evangelischen Erzbischof überhaupt. Unser Original Borowski wurde sogar mit Militärs fertig. Dem Leutnant von Osten hat er es vor rund zweihundert Jahren schlagfertig gegeben. So ist anekdotisch überliefert: Als sich beide einmal begegneten, stellte der Offizier scheinheilig die Frage: ›Wie ist es, Herr Pfarrer, muß ein Christenmensch alles befolgen, was die Bibel vorschreibt, selbst wenn es recht unangenehm und schmerzhaft sein sollte?‹

›Ohne Zweifel, Herr Leutnant, das muß er wohl.‹

›Sehr brav. Es steht geschrieben: So dir gibt jemand einen Streich auf deinen linken Backen, so halte ihm auch den rechten dar‹, frohlockte der Leutnant von Osten und verabreichte dem Gottesmann einen Bakkenstreich.

Pfarrer Borowski, ein Hüne von Gestalt, verzog keine Miene, trat blitzschnell auf den anderen zu, schlug ihm mit voller Kraft ins Gesicht, mit den Worten: ›Es gibt auch andere Sprüche in der Bibel, einer davon lautet: Mit dem Maß, mit dem ihr messet, wird euch wieder gemessen!‹ Von allen Seiten drängten Leute hinzu, neugierig, gespannt. Ein Skandal schien unausweichlich. Doch Borowski beruhigte die Aufgeregten, freundlich lächelnd: ›Es ist nichts von Bedeutung geschehen, meine Herrschaften. Herr von Osten und ich waren soeben dabei, uns die Heilige Schrift auszulegen!‹

Ein andermal, bei einer Festlichkeit, zu der Borowski eingeladen war, führte Baronin D., mit der Leutnant von Osten befreundet war, das große Wort. ›Herr Pfarrer, muß man wirklich bis auf das i-Tüpfelchen alles glauben, was in der Bibel geschrieben steht?‹ fragte sie treuherzig, ihn auf Glatteis zu führen.

›Gewiß doch, Baronin, das muß wohl jeder gute Christ‹, antwortete der Geistliche, auf das Kommende gefaßt.

›Vieles klingt aber reichlich unwahrscheinlich, das müssen Sie doch zugeben. Nehmen wir beispielsweise die Geschichte von Bileams Esel. Ist es nicht unmöglich zu glauben, daß der Esel plötzlich sprechen konnte?‹

›Ist auch nicht nötig. Sie irren nämlich, Frau Baronin, es war gar kein Esel‹, erwiderte Borowski, ohne den Mund zu verziehen, ›es war eine Eselin!‹«

»Höchste Zeit für ein frisches Schlubberchen Grog, die Herrschaften.« Der Kutscher Kaminski goß viel Rum und wenig heißes Wasser in die Becher. Seine Nase begann sich zu röten. Der Schneesturm dachte nicht daran, sich nach Mitternacht zu legen, er heulte, preßte Neuschnee durch die Ritzen in die Holzhütte.

»Wenn wir nicht genug trinken, möchte es uns gehen wie dem Frauchen Spillrigkeit, die in Königsberg auf dem Hauptbahnhof ihr Nachbarche aus dem Dorf traf, in dem sie aufgewachsen war. Sie freute sich mächtig:

›Ei nei, Albertche, wie gehts in Girnen?‹

Der Angeredete blieb stehen, grübelte angestrengt, schüttelte den Kopf. ›Nuscht Neues nich.‹

›Rein gar nuscht?‹

›I wo doch. Höchstens wegen dem Hundche.‹

›Was is mit dem Hundche?‹

›Man hat ihm dem Zagel abgebissen.‹

›Wer?‹

›Na Füchse. Sie sind nachts in den Hühnerkaburr gekommen.‹

›Warum haben sie dem Hundchen den Zagel abgebissen?‹

›Weil keine Hühner da waren. Tante Marion hat sich so aufgeregt, daß sie ins Krankenhaus mußte.‹

›Wann?‹

›Vor acht Wochen. Herzanfall. Vielleicht muß sie sterben.‹

›Weil keine Hühner da waren oder wegen dem Hundezagel?‹

›Wegen Raffzahn. Ihrem Mann.‹

›Wo ist der?‹

›In Tapiau, im Irrenhaus.‹

›Warum?‹

›Weil er alle Hühner in Girnen stiehlt, sämtlich, sogar seine eigenen.‹

›Raffzahn ist koppheister, solange ich zurückdenken kann. Andere und sich hat er immer bestohlen. Und in Tapiau war er auch. Was soll daran neu sein?‹

›Gewiß doch. Habe ich dir nicht gleich gesagt, daß es in Girnen nuscht Neues nich gibt?‹«

Der Tierarzt Pruster öffnete die oberen Knöpfe seines Pelzkragens, verschaffte sich Luft: »Bei solchen gemütlichen Geschichten über ostpreußische Menschen wird mir richtig warm. Sie verraten mehr als Burgen und Schlösser von ihrem Lebensgefühl, ihrer unendlichen Geduld und Gelassenheit. Mir fällt dazu ein: Zwei Bauern, der Schneidereit und der Kadereit, fuhren im Zugabteil der Bimmelbahn zusammen. In Gedanken versunken, sprachen sie kein Wort miteinander, schwiegen stumm, wie sich von selbst versteht, vor sich hin. Hinter Darkehmen stieg ein Fremder in das Abteil, er war überzeugt, Schneidereit aus der Stadt zu kennen. Herzlich klopfte er ihm auf die Schulter, verwickelte ihn in ein Gespräch: ›Tagchen auch, Herr Gurknat, wie geht es immer?‹

›Ei man dankt, es geht gut.‹

›Was macht die Wirtschaft?‹

›Ei man dankt. Sie geht gut.‹

›Frauchen und Kinderchen, die Gnosen sind gesund?‹

›Ei man dankt, es geht ihnen gut.‹

›Und dem Magen, haben Se den nach Ihrer Operation auskuriert?‹

›Ei man dankt, ihm geht es gut.‹

Auf der nächsten Station steigt der Fremde aus. Kadereit wendet sich an Schneidereit. ›Mannche, du heißt doch gar nich Gurknat.‹

›Nich doch, aber nei.‹

›Frauchen hast du keines, bist nich verheiratet, ohne Kinderchen.‹

›Nich doch, aber nei.‹

›Und mit deinem Magen hast du nuscht gehabt. Königsberger Klopse, Karbonade, geräucherten Speck, harte Eier, Grützwurst, fetten Aal hast du zu jeder Tageszeit vertragen.‹

›Du sprichst richtig, Kadereit.‹

›Warum hast du ihm dann nich gesagt, wie du heißt?‹

›Ach Gottchen‹, sagte Schneidereit, ›wo werd ich Streit mit einem fremden Mannche anfangen?‹«

Förster Grigoleit lächelte versonnen, die Stammtischbrüder horchten mucksmäuschenstill zu.

»Ich konnte nicht umhin eine Geschichte zu erzählen, die ich von Marion Lindt hatte, einer namhaften Ostpreußenkennerin. Sie sagt viel über ostpreußische Gastfreundschaft, über die Sorge um das Wohlergehen von Mitmenschen aus.

Auf einem Gehöft stand ein Großchen am Herd, in der Bratpfanne bruzzelte Wurst. Wegen des Qualms stand die Küchentür offen, man sah direkt auf die Landstraße hinaus. Unversehens kam ein Bettler vorüber, bat um eine milde Gabe. Großchen begab sich in die Schlafstube, holte ein paar Dittchen. Als sie wiederkam, war der Bettler verschwunden, mit ihm die Bratwürste, die in der Pfanne gekrischelt hatten. Das Großchen wurde fuchtig, schimpfte dem Verschwundenen hinterher. ›Krät, dreidammliger, Glumskopp.‹

Opa horchte aus dem Nebenzimmer, legte die Georgine beiseite, erkundigte sich nach dem Grund für die Aufregung. ›Was ist passiert, sprich.‹

›Ein Dieb war in der Küche. Die Wurst is futsch.‹

Opa bekam Glubschaugen. ›Die von der fetten Sorte?‹

›Gewiß doch.‹

›Erbarmung, die verträgt sein Magen nich. Lauf ihm sputig hinterher und nötige ihn zu einem Schlubberchen Bärenfang, sofort.‹«

»Dunnerlittchen«, warf der Kutscher Kaminski ein, »eine neue Runde Grog möchte uns auch nicht schaden. Lange kann es nicht mehr dauern, bis es hell wird.«

»Mir ist ganz schwiemelig und dun«, lallte der Pastor mit schwerer Zunge, den vielen Alkohol nicht gewohnt. Für den Tierarzt ein Zeichen, mit den Anstrengungen nicht nachzulassen: »Kennt jemand die Begebenheit im Königsberger Tennisklub? Vermutlich nicht. Zwei Madamchens der vornehmen Gesellschaft waren nach dem Spiel auf dem Weg zur Umkleidekabine. Sie kamen am Duschraum für die Herren vorüber, versehentlich stand die Tür offen. Ein nackichter Mann streifte sich gerade sein Hemd über den Kopf. Die Madamchens schielten zu ihm hin.

›Das ist nicht unser Trainer‹, sagte die eine.

Darauf die andere: ›Das ist überhaupt keiner aus unserem Club!‹«

»Inzwischen dürfte der Morgen angebrochen sein«, warf einer der Stammtischbrüder ein. Der Förster Grigoleit nickte.

»In der Tat war es hell geworden, der Sturm hatte sich gelegt. Die Tür zum Schuppen wurde aufgestoßen, zu unserer Überraschung stand der Krugwirt vor uns, schwenkte einen Zettel in der Hand. »Die Rechnung für Ihre Zimmer, meine Herrschaften. Sie hätten nur ein paar Schritte um den Schuppen herumzugehen brauchen.« Er stutzte, zupfte einen von uns am Pelz, der fiel, tot, erfroren, was sonst, um. Das Herrchen brauche nicht zu bezahlen, meinte der Herzlose. Zum ersten Mal im Leben bedauerte ich, daß nicht jeder Mensch gleich als Witzbold geboren wird.«

Die Stammtischbrüder waren ergriffen, grübelten, einer erkuberte sich: »Wer von den vier Personen war tot, Förster Grigoleit, sprich?«

»Ich war der einzige Tote, so wahr ich hier sitze.«

Lorbaß-Memoiren

An den Tag erinnere ich mich genau, die Dampfloko-
motive zockelte näher, hielt pustend, zischend auf
dem windigen Kleinbahnhof. Zum Vorschein kam der
Viehhändler Baginsky, leicht torkelnd, koppheister mit
einer vorauswehenden Schnapsfahne. Für ihn stieg eine
gebückte Bauersfrau in das Abteil 3. Klasse ein, sie
schleppte einen geflochtenen Hühnerkäfig mit sich.
Die Hennen inwendig huckten eingeschichert, weil sie
nicht gieprig darauf waren, auf dem Wochenmarkt als
Sonntagsbraten verkauft zu werden. Wo ich gerade von
Hennen rede, wo blieb Tante Ida? Unser Muttchen erkundigte sich beim Schaffner, wir zwei Jungchens pee-
sten den Zug entlang, kiekten in jedes Abteilfenster. Der
Knecht Pruszat beruhigte das scharwänzelnde Pferd.
Unversehens plärrte eine Stimme aus dem letzten Wag-
gon, die Witwe von einem feinen Stadtpinkel plusterte
sich gerne auf: »Träger, hierher, Träääger!«
Wir keiwelten sputig in die Richtung, wahrhaftig hing
die Visage zum halb heruntergelassenen Fenster heraus,
eingeklemmt, weil ihr riesiger Hut größer war als der
geöffnete Spalt. Ich redete ihr zu, den Hut abzuneh-
men, sie machte aber ein Geseier, quasselte über Damen

von Welt, die sich in der Öffentlichkeit niemals ohne Hut zeigen. »Elendes Provinznest, so ein Kaff hinter dem Mond«, giftete sie, »hat nicht einmal Träger. Bei uns in Berlin weiß man mit einer Gnädigen Frau umzugehen.«

Mein Freund Kalle, der Bowke vom Nachbarche, wurde richtig fuchtig. Wer die Pute überhaupt eingeladen habe?

»So ein lieber Besuch kommt auch ohne Einladung. Tante Ida ist uns stets willkommen.« Muttchen versuchte, Frieden zu stiften: »Ruhig Blut!«

Die Lokomotive pfiff ungeduldig, das Schaffnerche half, das Gepäck auf den Bahnsteig zu schleppen, Koffer, Sonnenschirme, Opernführer, Pungel, vor allem Hutschachteln türmten sich zu einem Berg, zuletzt erschien Tante Ida auf der Bildfläche, hielt beim Wischkoll ihre spachheistrige Tochter, weit über Dreißig, weißnasig, blaß, mit Brille und dickem Haarknoten.

»Macht einen Diener«, sagte Muttchen, »die Damen kommen aus Berlin und wissen, was sich in der großen Welt gehört.«

Tante Ida hielt sich ein Rotzkodder, feiner gesagt, ein parfümiertes Taschentuch, vor die Nase, jammerte: »Überall riecht es in Ostpreußen so schrecklich nach Kuh.« Sie nuschelte mit ihrer Tochter Wilhelmine, damit sie sich den Wollschal fest um den Hals wickelt. »Hier pfeift ein tückischer Ostwind. Nicht ohne Grund nennt man Ostpreußen im Reich ›Kalte Heimat‹. Hoffentlich habt ihr zu Hause den Kachelofen angeheizt?«

»Wir haben August, du wirst bestimmt nicht frieren«, lenkte Muttchen ab, »dort kommt Pruszat mit dem Wagen um die Ecke gebogen.«

Der Pferdeknecht preschte heran, bremste scharf, eine Staubwolke flog auf.

»Gütiger Himmel, der Wagen hat bloß zwei Räder. Seid ihr in Ostpreußen so arm, daß ihr euch nicht vier Räder leisten könnt?«

Sowas konnte der Kutscher gar nicht verknusen. Er brieselte, murmelte vor sich hin, was ein Landaucr mit Verdeck als Coupé schon sei gegen einen richtigen Dogcart, einen zweisitzigen Jagdwagen. Dazu spuckte er einen Pfriem im hohen Bogen aus, einem herumlungernden Hund auf den Zagel.

»Und was wird aus unserem Gepäck, meinen Hutschachteln?«

Der Wagen wurde vollgepackt, obenauf Tante Ida, Wilhelmine und Muttchen, wir Jungchens liefen barft hinterher. Nach einigen Stunden huckten wir am Tisch in der guten Stube, sämtlich. Tante Ida hatte die drei besten Zimmer bekommen, wir Kinder waren ausquartiert und schliefen auf der Lucht. Im Eßzimmer hatte Luise, eine blonde Marjell mit dicken Zöpfen und blauen Augen, feierlich gedeckt, Teller mit Goldrand, brennende Kerzen, wie sonst nur zur Beerdigung. Sie trug eine Schüssel mit dampfender Suppe auf. Wilhelmine bekam Husten, ihre Brillengläser beschlugen, sie schnurgelte, zog die Nase hoch: »Was ist das in der Terrine?«

»Königsberger Rinderfleck, die ostpreußische Spezialität überhaupt, zur Begrüßung.«

Tante Ida bekreuzigte sich, schüttelte den Kopf. »Ich glaube, ja ich bin sicher, meine Migräne kommt wieder. Die Luftveränderung macht mir zu schaffen. Ihr gestattet, daß ich mich zurückziehe«, flötete sie. Bevor sie sich verdrückte, befahl sie Luise, eine Portion Schweinebraten mit Schmorkohl, Mohnstrietzel sowie Marzipan auf ihr Zimmer zu bringen. Der Bowke Kalle plinkerte Wilhelmine zu. »Übelt dir auch?«

»Handelt es sich bei Fleck um das Zeug aus Rindermagen, mit Essig und Senf abgeschmeckt?« Luise strengte sich an, freundlich zu bleiben. »Wir sagen Mostrich dazu. Vor allem darf Majoran nicht vergessen werden«.

»Was ist das?«

»Ein Gewürzkraut, was man sonst bei gebratenen Enten und Ganterchen hinten reinsteckt oder rauszieht, wie mans nimmt.«

Ein Mannche am Tisch murmelte, daß Menschen westlich der Weichsel von Rinderfleck leicht Hautausschlag bekommen, Haarausfall, geweitete Pupillen und Kratzen im Hals. Darauf bekam auch Wilhelmine einen Rappel und verschwand sputig, nu konnten wir alleine die Rote Grütze in Ruhe aufessen.

Muttchen ermahnte uns, nicht so dreiste Bemerkungen zu machen und in den nächsten Tagen lieber mit sauberen Fingernägeln zum Essen zu kommen. Wir sollten vom Besuch besser gute Manieren lernen und wie man im Leben vorwärts kommt.

Wir nahmen uns vor, es den Wiewern bei nächster Gelegenheit heimzuzahlen.

Kalle popelte in der Nase, spintisierte. »Wenn die Madamchens so vornehm sind, warum werden uns keine Geschenke mitgebracht, wie es sich gehört?«

»Tante Ida bringt stets Fähnchen mit, wie sie am kaiserlichen Hof verteilt werden, damit die Kinderchen am Straßenrand winken können.«

»Zu uns kommt nie ein Kaiser, nicht einmal das Pastorchen aus dem Kirchspiel.«

»Dafür sind wir zu einsam abgelegen. Die feinen Leute kommen nich zu ihrem Vergnügen hierher.«

»Aber Speck, geräucherten Schinken, Schmand, Eier, Glumse können sie nicht genug nach Hause mitnehmen. Am liebsten halbe Rehe und Pochelchen.«

»Erbarmung, das Leben in Berlin is nu mal schwer. Beamtenpensionen sollen nich hin und her reichen. Man sagt, daß entlassene Offiziere buchstäblich am Hungertuch nagen. Was unsere Damen angeht, so haben sie dank Bildung und idealer Gesinnung geistige Gründe, mit dem einfachen Leben bei uns vorlieb zu nehmen, ausschließlich.«

»Ei nei, der geistige Grund heißt Assessor Grünbaum, er ist am Gumbinner Gymnasium und soll mit der Wilhelmine verkuppelt werden.«

»Pssst, nicht so laut. Er ist für einige Zeit von Berlin versetzt, danach wird er in der Reichshauptstadt Karriere machen.«

Wir kamen nicht dazu, weiter zu plachandern. Aus den Besuchszimmern drangen spitze Schreie. Wir rannten hin, Tante Ida lag halb ohnmächtig auf dem Sofa, Wilhelmine wies leichenblaß auf eine Wand mit Fotografien.

»Was sind das?«

»Prämierte Bullen, die sich bei der Zucht hervorgetan haben.«

»Bei gebildeten Menschen pflegen an dieser Stelle Portraits von Kaisern, Königen, Dichtern, Philosophen und Musikern zu hängen.«

Der Bowke Kalle gnidderte fröhlich. »Die möchten zum Beschälen nicht viel taugen. Bei uns ist Goethe ein Hengst und steht im Stall.«

Tante Ida hob ihren Deetz, kommandierte: »Hierher, Wilhelminchen, du kommst sofort an meine Seite und hörst dir die Schweinereien nicht weiter an. Ich sage dir, auf einem ostpreußischen Bauernhof geht es zu wie bei Sodom und Gomorrha. Hähne stellen Hennen nach, Eber werden zu keinem anderen Zweck herausgefüttert als dem, Sauen zu begatten, Täuber stellen Tauben nach, Kater lauern auf Katzen, sogar die Sperlinge in den Bäumen ...; wohin man sieht, ordinäres Triebleben, Sexualität, Fleischeslust ...«

Nach diesen Worten kippte sie endgültig aus den Pantinen. Wir holten eine Flasche mit Bärenfang und flößten der Ohnmächtigen tüchtig ein. Zuerst schüttelte sich das Madamche, stellte sich scheintot, wollte dann kotzen, erkuberte sich aber und verlangte, mit der Zunge schmatzend, nach mehr. »Nicht übel, eure Medizin. Ich werde unserem Apotheker in Berlin davon berichten, er soll ein paar Flaschen davon anschaffen. Wogegen hilft sie eigentlich?«

»Bärenfang ist für alles gut, ob Rheumatismus, Erfrierungen, Kummer, Schrotkugeln im Hintern, vor allem bei Durst.«

Zum Glück schwanden ihr die Sinne, bevor die Flasche ausgetrunken war. Wir legten sie auf den Fußboden, tranken die Flasche leer, wankten singend und krakeelend ins Freie.

»Wie schön«, meinte Muttchen draußen, »daß ihr euch mit dem Besuch so gut versteht. Lernt gut in der Schule, damit ihr auch so werdet und in Berlin Karriere macht.«

Das Frühstück an jedem Morgen war ein Theater. Die feinen Damen erschienen nie vor zehn Uhr. Tante Ida klagte über Eulenrufe, Wolfsgeheul in der Nacht, am frühen Morgen störte sie der Hahn. Wilhelmine war das Wasser aus dem Brunnen zu kalt, es mußte auf dem Herd angewärmt werden. Sie erzählte von Alpträumen, mal hatte sie ein wütendes Ganterchen verfolgt, dann wieder war sie von einer hohen Leiter in der Scheune in eine bodenlose Tiefe gestürzt. Tante Ida sagte, daß Frauen, die im Traum von Treppen oder in Brunnen fallen, tiefe Leidenschaften hinter ihrem Busen bergen. Sie werde nach ihrer Rückkehr in Berlin sofort eine Traumdeuterin am Potsdamer Platz konsultieren.

Muttchen machte sich Sorgen, den Verwandten könnte das Frühstück nicht schmecken, schließlich waren sie alle Produkte vom Kaufmann gewöhnt und nicht von Tieren oder aus der Natur. Tante Ida vertrug weichgekochte Eier aus dem Hühnerstall, frisch gelegt, nicht. Für sie mußten Eier aus der Kreisstadt geholt werden, sauber gewaschen, gleichmäßig groß und in der Farbe. Zum Glück hörte sie nicht Luise in der Küche gnatschen: »Ihretwegen wern sich die Hienchen den Hintern nich extra aufreißen.« Wilhelmine ekelte sich vor Kuhmilch, sie trank nur Milch aus der Molkerei. Weil es keine Molkerei in der Nähe gab, mußte ein Gnos auf dem Fahrrad ein Weilchen mit der Kanne herumkariolen, bis einer rief: »Da kommt endlich die Milch aus der Molkerei.«

Tante Ida und ihre Tochter Wilhelmine waren richtig großstädtisch kultiviert. Sie aßen kein selbstgebackenes Brot, nur welches vom Bäcker, weil sie Angst hatten, von Mutterkorn blind zu werden und zu sterben. Wasser tranken sie nur abgekocht, weil sie von der Großen Pest in Ostpreußen gehört hatten. Als Wilhelmine den Kutscher hinken sah, dem ein ausschlagendes Pferd die

Hüfte zertrümmert hatte, schlug sie die Hände vors Gesicht. »Ich frage mich, wieso noch so viele Ostpreußen am Leben sind?«

Sie faßte sich immer auf den Bauch, ob es noch nich in den Gedärmen bei ihr puckschte, Blähungen gab. Sie wollte wissen, wo der Arzt wohnte; ich sagte ihr, daß zu uns nur der Tierarzt zur Fleischbeschau kommt, wenn einer Rotlauf hat oder das Pastorchen gleich zur Beerdigung.

»Rohes Landvolk«, schimpften die Madamchens, blieben meistens in der Stube, umrundeten höchstens in Stöckelschuhen den Teich. Vor Pferdeäppeln stießen sie spitze Schreie aus. Als einmal der Bowke Kalle einen nach Wilhelmine warf und sie am Pooche traf, bekam Tante Ida Schiß: »Wie leicht kann das ins Auge gehen! Bei uns am Hofe würde niemand Exkremente anfassen.«

»Womit werfen kaiserliche Prinzen«, wollte ich wissen, »wo es doch in Berlin soviel Berittene geben soll, Kavallerie, Husaren, Dragoner, Ulanen, die sich unsere Trakehner holen.«

Wilhelmine plinste, dicke Tränen kullerten ihr runter: »Ich wurde getroffen, ich glaube, jetzt beginne ich zu stinken.«

Wir mußten lachen, worauf uns Muttchen einen Mutzkopp verabreichte.

»Warum lacht ihr bösen Buben?« wollte Tante Ida wissen. Wir mußten an die Begebenheit mit dem Geflügelhändler denken, dem auf dem Markt eine Frau das Hinterteil eines Huhnes unter die Nase gehalten hatte: »Das Tier riecht hier ja.«

Der Händler glubschte sie an. »An der Stelle, gnädige Frau, riechen wir alle.«

Tante Ida hielt ihrer Tochter ein Riechfläschchen unter die Nase. Sie befahl uns, in die Küche zu laufen, damit die Marjell Wasser für ein warmes Bad in einer Wanne aufsetzt. Wir nutzten die Gelegenheit, an dem Stöpsel eine lange Schnur zu befestigen, an der wir zogen, als Wilhelmine im Wasser saß. Im Nu war sie nackicht und schrie, ihre Mutter kam mit der »Gartenlaube« gepeest und deckte ihre Blöße mit der Illustrierten zu. Sie drohte uns, abzureisen, tat aber keinem den Gefallen, weil Wilhelmine noch nicht unter der Haube war. Muttchen hielt uns eine Standpauke, wir würden durch den Schabernack die Verwandten endgültig vergraulen. Tante Ida und Wilhelmine säßen längst in Berlin, wenn nicht zum Wochenende der Besuch von Herrn Assessor Grünbaum angesagt wäre. Sie bitte sich von uns anständiges Benehmen aus, man werde uns aus diesem Anlaß die Haare schneiden und in Bleyle-Matrosenanzüge stecken. Sie gab jedem von uns einen Butsch, faltete die Hände: »Der Himmel möge helfen, damit es mit der Verlobung klappt.«

Die Vorbereitungen auf den Besuch nahmen Tage in Anspruch, unsere Abneigung gegen den Assessor wuchs von Stunde zu Stunde. Das Vieh wurde gestriegelt, der Stall ausgemistet, der Hof mit Strauchbesen gekehrt. Aus der Küche drangen Düfte, einer Bauernhochzeit würdig, es roch nach Wildsuppe, Hirschkeule, Schmandschinken mit geschmorten Gurken und Tomaten, Kumst und Glumse, als Nachspeise standen Blaubeeren, Rhabarbergrütze und Stachelbeerkompott in Aussicht, nicht zu vergessen Schmandwaffeln, Marzipanstriezel, Zimtsterne und Königsberger Marzipan. Als Seelenwärmer sollten Eiergrog, Kosakenkaffee,

Pillkaller, Nikolaschka dienen, von Sekt, Wein und Bier nicht zu reden.

Allmählich stand alles parat, die Marjell Luise hatte die Betten für den Herrn Assessor in der Kammer neu bezogen, auf den Nachttisch einen Strauß Kornblumen gestellt, der Kutscher wurde zur Abholung in seine Livree gezwängt. Nu konnte nuscht mehr passieren, zu dieser Zeit wußten wir nicht, daß der Herr Assessor auf Frauen allergisch reagierte und der Dichtkunst huldigte, ausschließlich.

Das Herrchen war ein schmaler, blasser Junggeselle mit schütterem Haar, trotz seiner dicken Brille sehr kurzsichtig. Als er aus dem Wagen vor dem Haus ausstieg, stolperte er aus Versehen auf die Marjell Luise zu, gab ihr einen Handkuß zur Begrüßung. Tante Ida stupste Wilhelmine zwischen beide, so daß sie ihm beinahe um den Hals gefallen wäre. Herrn Grünbaum verwirrte der Schubs, zog sich aber als Lehrer für Latein und Deutsch immer mit einem Spruch aus der Patsche. »Willst du genau erfahren, was sich ziemt, so frage nur bei edlen Frauen an. So spricht die Prinzessin in Goethes ›Torquato Tasso‹.«

Tante Ida wurde rot wie ein Kurr. »Gewiß, zwar ist meine Tochter Wilhelmine keine Prinzessin, nicht direkt, immerhin wohnen wir unweit vom kaiserlichen Hofe.«

»Lassen Sie mich mit Faust antworten: ›Es irrt der Mensch, solang er strebt, ein guter Mensch in seinem dunklen Drange, ist sich des rechten Weges wohl bewußt. Von allen Geistern, die verneinen, ist mir der Schalk am wenigstens zur Last‹.«

»Er meint es ernst«, zischelte Tante Ida ihrer Tochter zu.

Muttchen behielt die Ruhe: »Wir wollen in die gute Stube gehen und ein Schlubberchen zur Begrüßung trinken.«

Der Vorschlag hat allen gefallen, die Gesellschaft begab sich in das Bauernhaus, die Gläser wurden vollgeschenkt, ausgetrunken, nachgefüllt. »Prositchen«, rief es durcheinander, »zur Gesundheit.« Als es für ein Momentchen ruhiger wurde, schlug Tante Ida vor, ihre Tochter etwas auf dem Klavier vorspielen zu lassen. Wir benutzten den ersten Schrecken zur Flucht, für die Nacht waren noch Vorbereitungen zu treffen. Zufällig hatten wir gehört, daß der Assessor mondsüchtig sei und gerne schlafwandle. Darauf bauten wir unseren Plan, seiner krankhaften Schüchternheit gegenüber Frauen abzuhelfen, endgültig.

Heimlich schlichen wir uns in das für den Besuch vorbereitete Zimmer. Der Bowke Kalle holte aus seinem Fuppchen einige handvoll Juckpulver heraus, rieb damit kräftig das bunte Bettzeug ein. Aus der Nachttischlampe wurde die Birne herausgeschraubt, Streichhölzer für Kerzen haben wir versteckt. Dann haben wir hinter der Scheune einen ausgewachsenen Kürbis präpariert, ausgehöhlt und ein Mondgesicht hineingeschnitten. Nu konnte er inwendig leuchten wie ein richtiger Vollmond.

Um Mitternacht schlichen wir uns mit dem präparierten Himmelsgestirn in das Zimmer des Assessors Grünbaum und versteckten seine Brille. Der Bowke Kalle, in weiße Koddertücher gehüllt, peserte die Kerze im Inneren des Kürbismondes an, grunzte wie eine ferkelnde Sau. Der Assessor begann unruhig zu werden, richtete sich im Bett auf, glubschte versonnen den Mond an. Ei der Deikert, wahrhaftig streckte er die Arme nach ihm aus, stand auf, folgte dem Bowke. Kalle schlich durch die Flure und Zimmer des Bauerngehöfts, ihm dicht auf den Fersen der Assessor, der blindlings dem Mondgesicht folgte bis in die Kammer der Marjell Luise, wo Kalle sputig das Licht löschte und sich verdrückte. Bevor wir verdufteten, schoben wir von außen den Riegel vor. Da wir keine Hilferufe hörten, von einer Rangelei war auch nuscht zu hören, so sehr wir an der Tür horchten, gingen wir enttäuscht schlafen.

Am nächsten Morgen lag über dem Frühstückstisch eine komische Spannung. Tante Ida schien einen Migräneanfall gehabt zu haben, immerhin hatte sie gelernt, Medizin einzunehmen, ein Schlubberchen Meschkinnes.

»Schade um die vergeudete Nacht«, sprach sie vornehm, »man hätte gut und gerne Gedichte von Rilke unter dem Lindenbaum rezitieren können. Aber was kann man hier auf dem Lande von den Leuten schon erwarten? Wie hast du geschlafen, mein Kleines?« erkundigte sie sich bei Wilhelmine.

Ihre Tochter sah übernächtigt aus, um die tiefliegenden Augen lagen dunkle Ränder. »Ich habe schlecht geträumt, Mamachen, von einem Prinzen, der sich in einen Frosch verwandelte.«

»War es im Märchen nicht umgekehrt?« wandte sich Tante Ida an den Assessor.

»Durchaus. Aber eben nur im Märchen. ›Das eben ist der Liebe Zaubermacht‹, spricht Grillparzer in ›Sappho‹.«

Dunnerlittchen, überhaupt war Herr Grünbaum an diesem Morgen wie ausgewechselt. Er pfiff fröhlich, als die Marjell Luise, in den frisch geflochtenen Zöpfen eine neue Schleife, Rühreier mit geräucherten Speckwürfeln servierte, kniff sie dreist ins Poochen, indem er aufsagte: »Zum Augenblicke dürft ich sagen: Verweile doch, du bist so schön!«

Tante Ida erstarrte zur Salzsäule, riß Wilhelmine an der Hand vom Stuhl hoch, stürmte mit ihr davon: »Komm Wilhelmine, wir haben hier nichts zu suchen. Was für ein Land, in dem man ›Faust‹ zitiert und sich mit dem Gesinde einläßt! Man lasse sofort anspannen, wir reisen ab.«

So ging die Geschichte mit dem feinen Besuch aus Berlin glücklich zu Ende. Auch für den Assessor Grünbaum, nicht bloß, weil er nach neun Monatchen Vater von einem Lorbaß wurde, sondern weil er von seiner Frau Luise fünf weitere Gnosen bekam und sich seine Allergie gegen Wiewer verlor, endgültig.

Das nächste Marjellchen, bitte

Die ostpreußische Sitte, Töchter der Reihe nach zu verheiraten, erforderte manchen Umweg, an die Richtige heranzukommen. Ging es nach der Ordnung, kam zuerst die Älteste, dann die Zweitälteste an die Reihe und so fort. Heiratswillige Jungchen, aus der Reihe tanzend, wurden abgewiesen. Bauern pflegten den Vorgang mit einem Bild, dem Umgang mit Flaschen entnommen, zu umschreiben: »Nei, nei, Jungchen, ehe ich die Älteste nich weghab, wird die Jüngste nich angebrochen.«

War schon die Einhaltung der Reihenfolge schwierig genug, erschwerte es den Brauthandel erheblich, wenn die in Betracht kommenden künftigen Schwiegerväter benachbart, eigensinnig oder womöglich verfeindet waren. Beide Seiten blieben auf der Hut, nicht über das Ohr gehauen und reingelegt zu werden. Im anstehenden Falle wollte zuerst der Bauer Naujoks nicht einsehen, warum sein Sohn nicht Rogalskys Käthchen heiraten sollte. Kurtchen, so der Name des hoffnungsvollen Sprößlings, schien wenig an Lottchen, der zweitältesten Tochter interessiert, dafür Rogalsky umso mehr an der herrlichen Stute Venus des Naujoks. Was Kurtchen

Naujoks nun unternahm, die Heiratspläne seines Vaters zu durchkreuzen, wie er Rogalsky am Ende überzeugte, warum aus einem Fest drei wurden und was das alles mit Ännchen, der jüngsten Marjell von Rogalsky zu tun hatte ... Erbarmung, es wird besser sein, die Geschichte von vorne zu erzählen.

Das Gehöft des Bauern Naujoks, eingeschlossen eine Menge fetten Ackers, Viehweiden, ein Wald mit Eichen, Buchen, Tannen sowie einen von Weiden eingerahmten See, galt in der Umgebung als stattlich, ohne weiteres. Gezüchtetes Herdbuchvieh erhielt auf Auktionen Prämien, die Zucht von Pferden, Schweinen, Geflügel galt als vorbildlich. Der Ertrag, weit über dem Durchschnitt liegend, erlaubte die Anschaffung manch modernen Maschinchens zum Eggen, Säen, Dreschen, gestattete, in die Kreisstadt mit einem schnittigen Zweispänner zu fahren, andere Fuhrwerke in einer dicken Staubwolke hinter sich lassend. Die Naujoks, ohne Zweifel, waren angesehen, wohlhabend, wenn nicht gar ein bißchen reich. Warum bloß der Sohn Kurt nicht heiratete? Am guten Wuchs konnte es nicht liegen, der Mittdreißiger war stattlich, keineswegs unansehnlich. Klatschmäuler wollten wissen, daß mit ihm etwas nicht stimmen könnte. »Einziges Kind«, hieß es hinter vorgehaltener Hand, »verwöhnt, ißt ausschließlich Sachen aus der Stadt.« War reichlich übertrieben, das Gerede, ohne Frage; außer Tilsiter Käse, Schokolade und Heringen entnahmen die Naujoks fast alles der eigenen Produktion. Wenig nützte Kurt Naujoks, daß er seinen Ackerpflug sauberer führte als jeder andere im Dorf, die höchsten Getreidefuder lud und sein Vierergespann am schnellsten vom Feld in die Scheune brachte. Ihm haftete als Makel an, daß ihn noch niemand mit einem Mädchen im Heu gesehen hatte. Konnte ein solcher Bauernsohn als normal gelten? Von den Folgen einer frühen Kinderkrankheit war die Rede, späten Auswirkungen von Mumps, Masern, Keuchhusten vielleicht, oder einer ererbten Abneigung gegen Mädchen und Frauen. War sein Urgroßvater nicht auch bei Nacht und Nebel zu den Dragonern eingerückt und hatte sein Frauchen mit sieben Kinderchen im Stich gelassen? Das Sonnchen am Himmel meinte es gut mit den Naujoks, aber nicht alles war eitel Sonnenschein in ihrem Leben, noch nicht.

Bei dem benachbarten Rogalsky verlief alles umgekehrt. Seine Felder waren kleiner, die Wiesen feuchter, aus dem Wäldchen wurde weniger Holz geschlagen, Kühe verkalbten unversehens. Häufig tauchte notgedrungen der Tierarzt auf, weil bei den Schweinen Rotlauf vermutet wurde; manches Hühnchen lag, auf unerklärliche Weise verendet, tot auf der Tenne herum. Schien keine glückliche Hand zu haben, der Bauer Rogalsky, ausgenommen was seine persönliche Nachkommenschaft betraf. Er nannte nämlich drei Töchter sein eigen, alle ansehnlich, mit zunehmender Appetitlichkeit. Man konnte den Eindruck gewinnen, daß er sich geübt und allmählich gesteigert habe, derart, daß ihm die jüngste Tochter am besten geraten war. Er hütete Ännchen wie seinen Augapfel, nahm sich vor, nach alter Gewohnheit zu verfahren, die Töchter der Reihe nach zu verheiraten. Nebenher ein bißchen Kapital aus dem Brauch zu schlagen, sollte nicht ausgeschlossen sein.

Das älteste Marjellchen des Rogalsky hieß Käthe, trug dicke, blonde Hängezöpfe, hatte einige lustige Sommersprossen auf der Stupsnase, neigte zu Molligkeit.

Mit blauen Augen blickte sie munter in die Welt, packte gerne zu, konnte ebensogut schwarzes Roggenbrot bakken wie beim Tanzen kreiseln. Bauer Naujoks hätte Käthchen nicht ungern als Schwiegertochter und Jungbäuerin auf seinem Hof gesehen, bestand doch reelle Aussicht, auf diese Weise zu einem gesunden Erben zu kommen.

Tag und Nacht wälzte Naujoks Pläne, seinem Sohn Kurt nichts verratend. Der hinter seinem Rücken perfekt gemachte Handel sollte eine Überraschung werden. Außerdem galt es, Rogalsky zu gewinnen. Niemals würde er einwilligen, daß ein Naujoks eine seiner Töchter bekäme, hatte doch der Nachbar ihm vor Jahren seine große Liebe vor der Nase weggeschnappt und geheiratet. Andererseits, war Rogalsky nicht auf seine Wiesen, den angrenzenden Acker, nicht zu vergessen die beste Stute, Venus, wild versessen? Naujoks beschloß, geduldig und schlau vorzugehen.

Zufällig begegneten sich beide Nachbarn vor der Windmühle. Naujoks wartete auf sein gemahlenes Mehl, Rogalsky war bereits fertig und spannte seine Pferde an, ortsübliche Konversation schien unvermeidlich:

»Na – wie gehts?«

»Nu – wie solls schon gehen?«

»Gehts gut?«

»Nu ja, wenn du meinst?«

»Hübsches Wetterchen heute, Rogalsky, meinst nich auch?«

»Pladdern wirds oder auch nich. Wegen deiner kaputten Drainagen fließt Wasser auf meine Wiesen. Das Gras wird sauer.«

»Deine Wiesen waren immer von alleine feucht. Laß uns vernünftig miteinander plachandern.«

»Ich wüßte nich, worüber, Naujoks.«

»Beispielsweise über deine Älteste, das Käthchen. Sie scheint reif für eine Heirat, denn soviel ich höre, kann sie ein Huhn ausnehmen, Hefekuchen backen, Glukkennester bauen, Bärenfang ansetzen. Das möchte für eine gute Hausfrau und Ehe genügen. Mir könnte die Marjell Käthe gefallen.«

»Daraus wird nuscht. Du hast mir damals meine Mariell˙ gestriezt.«

»Ihr ward weder versprochen, verlobt noch verheiratet. Du hast dich zuviel um die Schafe gekümmert. Wozu die ollen Kamellen aufwärmen, sprich!«

»Käthe bekommst du trotzdem nich.«

»Ich will sie ja nicht für mich, sondern für Kurtchen.«

»Seit wann hat er was für Käthe übrig?«

»Wir sollten ein bißchen nachhelfen. Der Appetit kommt nu mal beim Essen, überall.«

»Ich bin dagegen, Naujoks.«

»Ißt du nicht gerne Rebhühner, Rogalsky? Ich könnte dich an meiner Jagd beteiligen, zur Hälfte.«

Der Angesprochene brauste auf, gekränkt in seiner Würde oder wegen des niedrigen Angebots, wurde regelrecht fuchtig: »Glaubst du im Ernst, ich könnte Käthe gegen ein paar lumpige Rebhühner verschachern, die von alleine über die Grenze kommen und mir vor die Flinte fliegen?«

»Reg dich nicht auf, Nachbarche, ich spendiere dir dazu Holz, viele Klafterchen, für alle Winter genug.«

»Ich will mich aufregen, Naujoks.«

»Kapiert. Das Birkenwäldchen bekommst du magrietsch, umsonst, dazu.«

Rogalsky begriff, daß das letzte Wort noch nicht gesprochen war, der Preis würde mit jeder Ablehnung des Angebots steigen. Er stieg auf sein mit Mehlsäcken beladenes Fuhrwerk, griff die Zügel und rief Naujoks zum Abschied über die Schulter zu: »Du wirst dich noch wundern, Nachbarche, was ich für die Marjell alles kriegen kann. Hü, Pferdchen, lauft.«

Einige Zeit später, bci Pcllkartoffeln und Schmandhering, erzählte Naujoks seinem Sohn beiläufig von dem fehlgeschlagenen Handel.

»Warum hast du mich nicht vorher gefragt, Vater? Ich habe Käthe gern, werde sie jedoch nicht heiraten. Soviel ich weiß, hat sie längst einen Schatz. Neulich sah ich sie zusammen auf dem Schützenfest von Buylienen Bratklopse essen.«

»So weit ist es mit denen? Dann läßt sich nuscht nich ändern.«

»Mir fällt eine bessere Idee ein, Vater.« Kurt räusperte sich. »Der Rogalsky hat bekanntlich weitere Töchter. In der Liebe soll man nichts, denke ich, überstürzen.«

»Daher pfeift der Wind. Du bist auf Lottchen gieprig, die zweitälteste Tochter?«

»Wer weiß«, wich sein Sohn philosophisch aus, »ich gehe davon aus, daß der Rogalsky uns überhaupt keines seiner Marjellchen gönnt. Wir haben keine andere Wahl, als schrittchenweise vorzugehen, die alte Regel zu umgehen: Das nächste Marjellchen, bitte.«

Vater Naujoks kaute auf seiner Pellkartoffel herum. »Was könnte ich dem Rachull sonst noch anbieten? Er wird uns arm machen.«

»Keine Panik. Im Leben kommt es eben darauf an.«
»Worauf?«

»In unserem Falle, ob du dich von Venus trennen könntest, der Stute, wenigstens vorübergehend.«

»Bist du koppheister, mein bestes Pferd?«

»Immerhin steht Venus gegen Lottchen«, gab Kurt zu bedenken, »man ist sich ungefähr ebenbürtig, was Körperbau und Eignung für die Zucht betrifft.«

Naujoks wurde es schwarz vor Augen. Die Stute Venus war sein kostbarster Besitz. Fieberhaft sann er nach einem Ausweg, mit den Augen plinkernd sprach er auf seinen Sohn ein, ungefähr so: »Hast du dir Lotte Rogalsky einmal näher angesehen? Sie ist anders als Käthchen, schlanker, schwarzhaarig, sie taugt wenig für einen Bauernhof. Es wird erzählt, daß sie am Sonntagnachmittag Klavier spielt und, kaum zu glauben, Gedichte abfaßt. Die Marjell gehört in die Stadt.«

Kurtchen zeigte keine Reaktion, parierte gleichmütig: »Es gehört sich nicht, die Stute Venus mit Lotte in Verbindung zu bringen.« Dann muckte er auf; scheinbar in Lotte vernarrt, rückte er mit seinem Plan heraus, kein Kauf, kein Tausch, kaum ein Risiko für den Vater: »Warum solltest du nicht, Vater, mit dem Rogalsky um die Wette reiten? Sagen wir, beim kommenden Erntedankfest?«

»Kodder und Mostrich, wozu soll das gut sein?«

»Ei nu, gewinnt er, willigt er ein in die Heirat und bekommt die Stute Venus dafür. Verliert er, wird trotzdem geheiratet und die Stute bleibt in der Familie, gewissermaßen.«

»Das soll kapieren wer will.«

»Du bist also einverstanden?« Das Jungchen Kurt gab seinem Vater einen Butsch, auf die Wange, »Die Stute wird sich der Rogalsky nicht entgehen lassen. Unser Knecht soll ihm das Angebot überbringen.«

Die Verhandlungen zogen sich hin, bewirkten Durst auf Bärenfang, endeten, sagen wir so: glücklich.

Am entscheidenden Tag, einem warmen Sonnabend, legte die Dorfbevölkerung Festkleidung an, pilgerte kolonnenweise hinaus auf die Wiesen hinter dem Teich, der Pferdeschwemme. Schätzungsweise trafen dreimal soviel Leute ein wie im Dorf wohnten, vom umlaufenden Gerücht beflügelt, daß sich ein Jahrhundertfest anbahne. Entfernte Verwandte waren darunter, Beamte aus der Kreisstadt mit ihren spachheistrigen Kinderchen, Saisonarbeiter, Schweizer, Instleute, das Lehrerchen und der Amtsrichter. Auf Handwagen, Pferdefuhrwerken, in Pungeln und Kaburrs schleppten sie Rauchspeck, Grützwurst, Gläser mit Salzgurken herbei, hartgekochte Eier, Bratklopse, Heringe und Geflügel. Die Frauen hatten zur Nachspeise Mohnkuchen und Striezel gebacken, die Männer Nikolaschka, Pillkaller, Bärenfang, Kosakenkaffee bereitgestellt. Kleine Gnosen, Lorbasse und Marjellchen freuten sich auf Sackhüpfen und Bratwürste, die an hohen Kletterstangen baumelten.

Die Stimmung, man wird es sich denken, stieg. Den Parcours hatten Mannchens von der Feuerwehr abgesteckt, weithin wehten und leuchteten die Fähnchen rund um den Teich. Siebenmal sollte er beim Wettritt umrundet werden. Zum Start schmetterte die Dorfkapelle den Reitermarsch: »Auf Ansbach Dragoner, auf ...«

Der Invalide Pogolski gab mit seiner Krücke ein Zeichen, der Ton brach ab, er nahm ein Schlubberchen aus seiner Feldflasche, rief: »Die Wette gilt wie eh und je. Ich sage, zum Beispiel, fertig los!«

Die beiden Bauern ritten wie der Deibel los, gaben unter den Anfeuerungsrufen des zahlreichen Publikums den Pferden die Sporen. Naujoks setzte sich auf Venus sofort an die Spitze, dicht gefolgt von Rogalsky auf Rebecca. Er wußte, daß sein Pferd nicht so spritzig wie die begehrte Stute Venus war, setzte auf seine Reitkünste, Kraft und Ausdauer im Endspurt. Hoch wirbelten die Pferdehufe Grasstücke auf, die Tiere schwitzten, schäumten vorm Maul, schenkten sich nichts. In der Halbzeit ging Naujoks auf Venus deutlich in Führung, worauf Rogalsky erkennbar einen roten Kopf bekam, zur Peitsche griff. Ein Weilchen lagen die Pferde Kopf an Kopf, das Volk glaubte an ein totes Rennen, als Venus plötzlich wie ein Pfeil nach vorne schoß. Naujoks schien der sichere Gewinner zu sein, dann, Donnerschlag, trat Venus in einen Maulwurfshügel und stolperte, wurde mühelos von Rogalsky auf Rebecca überholt.

Die Menge brach in Jubel aus.

Kurtchen war der erste Gratulant bei seinem Vater. »Nu, was habe ich gesagt? Eine Hochzeit findet statt, auf jeden Fall.«

Bauer Rogalsky kam herangeritten und hörte die beiden plachandern. »So lautete die Wette, Naujoks. Ich bekomme die Stute Venus und Kurtchen die Marjell Lotte, nich.«

Naujoks lief rot an wie ein Kurr, fuchtelte mit den Armen in der Luft. Rogalsky grinste: »Lotte wird ein Soldatchen von der Gumbinner Infanterie heiraten, pensionsberechtigt. Von Heiraten war die Rede, aber nicht gesagt, wen.«

Naujoks schäumte. »Du hast gewußt, daß man mich hintergeht?«

»Ja, Vater.«

»Und nuscht unternommen, wie ich sehe?«

»Doch Vater. Eine Hochzeit wird trotzdem stattfinden, jedoch mit Anna, der jüngsten Marjell.«

»Erbarmung, mir brummt der Deetz.«

»Das wird sich geben«, wandte Rogalsky ein, »weil ich meine Einwilligung nich gebe.«

Kurtchen grübelte laut. »Immerhin könntest du deine Pferdezucht beginnen mit Venus, ihre Klasse ist bekannt, trotz des Mißgeschicks.«

Rogalsky kratzte sich am Kinn. »Es ist an der Sache etwas, sage ich, dran.«

Naujoks beruhigte sich. »Wenigstens habe ich dir dafür die Marjell Anna ausgespannt. Ich denke, wir sind quitt.«

Sie stiegen von ihren Pferden und umarmten sich, woraus die entfernte Menge auf die Eröffnung einer Rauferei schloß. Leute mit Knüppeln und Flinten eilten herbei, sofort, um eine fröhliche Schlacht zu eröffnen. Jungchen Naujoks sprang zwischen die Kämpferscharen. »Halt. Es ist alles friedlich geregelt!«

»Wovon sprichst du?« wollten enttäuschte Stimmen aus der Menge hören.

»Weil öffentlich zur Hochzeit gebeten wird, hiermit, in vier Wochen, und zur Kindstaufe in sieben Monatchen.«

Unter den Anwesenden brach Jubel aus, die Festfolge war gesichert. Die Bauern Naujoks und Rogalsky reichten sich versöhnlich die Hand, plinkerten sich zu, unterdrückten Bemerkungen, dachten: »Nu, wie haben wir das gemacht?«

Kurtchen Naujoks stand daneben, eng an ihn geschmiegt die jüngste Marjell, beide lächelten glücklich. Er sprach so: »Du hättest dich weigern können, Rogalsky, Schwiegervater zu werden, aber Großvater längst nich mehr.«

Näheres über die Kunst,
dem Staat Kindergeld abzulunkern

Den Leuten von Kleinwippchen stand, falls so zu sagen erlaubt ist, ein freudiges Ereignis bevor, hatten sie doch verschiedentlich Veränderungen an ihrer Frau Lehrerin beobachtet. Öfter als sonst setzte sie schwere Traglast ab, legte bei Gartenarbeiten Pausen ein, griff sich an den Rücken, wenn keiner zusah. In langen Abendstunden wurde Kinderwäsche ausgebessert, gestopft und geflickt, was die vorhandenen Kinderchen von Socken und Hosen übriggelassen hatten. Tagsüber lagen die Stücke auf einer Blumenwiese zur Bleiche. Die Lehrersfrau goß aus einer Gießkanne weiches Regenwasser darüber, wie es sich gehört. Wen wundert, daß sich in Windeseile die Nachricht verbreitete, daß die Lehrersfrau wieder besonders gerne Essiggurken und saure Sachen esse, den Leuten von Kleinwippchen den letzten womöglichen Zweifel nehmend. Es bahnte sich, wahrhaftig, eine erneute Niederkunft an.

Nun war eine Geburt in Kleinwippchen keineswegs eine private Angelegenheit. In dem winzigen Dorf wurde jede Hand, jeder Kopf gebraucht. Nicht, daß man dem Lehrerchen und seiner Frau irgendwelche Vorwürfe hätte machen können. Ihre Kinderchen stellten in der dörflichen Fußballmannschaft längst den Mittelstürmer, einen rechten Verteidiger, in der Gegenmannschaft den Halblinken. Mit ihrem Nachwuchs füllten sie kräftig den Nachwuchs für das erste, zweite und vierte Schuljahr auf.

Trotz alledem, die Bemühungen der Erwachsenen in Kleinwippchen, sämtlich, reichten nicht aus. Vergeblich hatten manche Jungchens ihren Eltern daheim einen diesbezüglichen Wink gegeben, die Zahl der aktiven Fußballspieler sputig zu erhöhen; selbst dann, wenn alle Kinderchen, die auf eigenen Füßen laufen konnten, mobilisiert wurden, kein Jungchen krank lag, auf dem Feld half oder sich mit Poggenfang im Dorfteich beschäftigte, es gab keine Reserve. Vor allem fehlte es an Nachwuchs für das Tor. Ist es da überraschend, Herrschaften, zu erfahren, daß die Jugend von Kleinwippchen ihre Hoffnungen auf die Frau Lehrerin setzte? Man grüßte sie freundlich, trug Wasser, half verlegte Hühnereier suchen. Manche Marjellchen und Bowkes stellten heimlich Gläser und Körbe mit gesammelten Pilzen, Waldhimbeeren oder Blaubeeren aus der Rominter Heide vor die Tür des Schulhauses, mit Zetteln obenauf, bittend um einen neuen Torwart mit guten Sprunggelenken und flinken Händen.

Die erwachsenen Leute von Kleinwippchen hatten einen eigenen Grund, am Wohlergehen ihrer Frau Lehrerin interessiert zu sein. Zwar würden sie bei ihren alljährlichen Anlieferungen von Deputatgütern an den Lehrer für den neuen Erdenbürger etwas zulegen müssen, vielleicht ein paar Stämme Brennholz, mehrere Ballen Heu für seine Kühe und die Gos, warum nicht einen Kujel oder Differts. Andererseits winkte der winzigen Ortsgemeinde Entlastung durch das Kindergeld, das dem Lehrer als Beamten zustand. Nicht viel freilich, aber immerhin. Ein spitzfindiger Kopf fand die Wichtigkeit der Niederkunft heraus, was Tag und Stunde anging. Eine Geburt nach dem Einunddreißigsten des Monats bezeichnete er schlicht als Katastrophe für Kleinwippchen. Das Kindergeld für einen Monat wäre, sagen wir so, futsch.

Mit dieser kunstvollen Berechnung, man ahnt es schon, fängt die Geschichte an kompliziert zu werden. Die Lehrersfrau näherte sich in ihrem gesegneten Zustand dem neunten Monat, unaufhaltsam. Der Leute von Kleinwippchen bemächtigte sich spürbare Erregung und Unruhe. So fanden sich nacheinander im Schulhaus ein Nachbarn, Schweizer, Bauern, Landarbeiter in größerer Zahl, nahmen dankbar das vom Lehrer geräumte und mit Stroh gefüllte Klassenzimmer als Unterkunft an.

»Es wird, scheint mir«, prophezeite ein narbiger Gnuspel von Mensch mit klobigem Gesicht, »eine schwere Geburt.«

Gewiß, ein werdender Vater ist überall auf der Welt imstande, Ärzte, Verwandte, Nachbarn, kurz, seine gesamte Umgebung, in seiner Aufregung anzustecken, mit Zwangsvorstellungen und unsinnigen Handlungen verrückt zu machen. Unser Lehrer kam nicht dazu, behielt als Einziger die Nerven, hatte er doch die Väter des Dorfes angesichts der bevorstehenden Geburt zu beruhigen, eilte von einem zum anderen, sprach Mut zu, spielte mit ihnen Karten, verhinderte eine kleine Prügelei unter den Versammelten.

Die Erregung bei dem öffentlichen Ereignis stieg, je rascher sich der Monat dem Ende neigte und von einer kurz bevorstehenden Niederkunft nichts zu bemerken war. Die Lehrerin ruhte im oberen Stock, betreut von einer Hebamme, die sich selten blicken ließ.

Der Waldarbeiter Jelka Adam kaute auf seinem Pfriem, spuckte aus, grübelte angestrengt, sprach tropfend, endlich: »Kommt so ein Beamtenkindchen knapp vor dem Monatswechsel, sagen wir um 23 Uhr 55 zur Welt, gibt es für den vergangenen Monat Kindergeld, selbst wenn der Erdenbürger nichts genossen hat. Das bedeutet, Kodder und Mostrich, ein gutes Geschäft mit Väterchen Staat. Erblickt hingegen der Ankömmling erst nach Mitternacht das Licht der Welt, ist das Kindergeld für den Monat futsch. Spreche ich richtig?«

Die Männer um ihn herum nickten, schwiegen ratlos. Sie malten sich aus, was Väterchen Staat mit dem gesparten Kindergeld anfängt, wenn hunderte, tausende Beamtenkinderchen nach einem Monatsersten geboren werden, Jahr für Jahr. Reicht aus, das Sümmchen, für eine hübsche Reise dieses oder jenes Ministerchens in Berlin, dachten sie, für eine Erhöhung ihrer Pensionen oder ein Staatsbankett.

Der Kalender rückte vor, sagen wir auf den neunundzwanzigsten. Zufällig peeste die pummelige Hebamme an den Mannchens vorbei, verfolgt von ihren lauernden Blicken. Sie drehte sich um, rief über die Schulter zurück: »Es wird bald, verspreche ich, soweit sein.«

Die Männer bedankten sich, waren zufrieden. Der Monat hatte einunddreißig Tage. Was konnte schon passieren? Ohne Hast zündeten sie auf dem Schulhof ein Feuerchen an, stellten einen Riesenzuber darauf, kochend heißes Wasser vorzubereiten. Der Bauer Pepereit lud von seinem Leiterwagen Berge alten Zeitungspapiers ab. Ahnungslose Männer sowie berühmte Romanschriftsteller stimmen seit je in der naiven Ansicht überein, daß es bei einer Geburt hauptsächlich auf heißes Wasser und Zeitungspapier ankomme. Warum sollte es in Kleinwippchen anders sein?

Die Nacht ging, was sie immer tut, vorüber, nichts ereignete sich. Als die Hebamme am nächsten Morgen quer über den Hof zum Latrinchen eilte, hielt sie das Nachbarche Zippel Adam an der Kledasche fest: »Wir haben die Nacht gewacht«, er rieb sich seine rotgeränderten Augen, »darf man wenigstens erfahren, wie die Sache steht? Wir haben, alle Welt weiß es, nicht mehr viel Zeit, wenn das Kindergeld für diesen Monat gerettet werden soll.«

Die Hebamme riß sich fuchtig los, rannte weiter, sie ließ sich nicht mehr als die philosophische Äußerung herauslocken: »Alles kommt im Leben zu seiner Zeit.« Die Bemerkung beruhigte mitnichten.

»Ich erinnere mich«, gab Urmeleit Hugo, der einäugige Korbmacher, zu bedenken, »der Geburt eines Kalbes vor drei Jahren. Alles ließ sich gut an. Mit den Helfern haben wir mehrere Flaschen Bärenfang ausgetrunken. Was dabei herausgekommen ist? Ich werde es verraten: ein Tier mit zwei Köpfen.«

»Wir mußten zum Kaiserschnitt nach Insterburg«, warf ein anderer ein. Der kräftige Bauer Bullrigkeit schüttelte sich, reckte seine schwieligen Hände: »Eine natürliche Geburt, Ehrenwort, ist vorzuziehen auf jeden Fall. Bei meinen Fohlen benötige ich nur Stricke, starke Fäuste und eine Petroleumlampe bei Nacht im Stall.«

»Aufhören«, zeterte das Schneiderchen, »mir wird ganz

dammlich im Deetz. Unter natürlicher Geburt wird etwas ganz anderes verstanden. Ich beziehe mich auf Atemtechnik und Training der Muskulatur. Gewaltanwendung und Zeitdruck sind in jedem Fall, wie sich von selbst versteht, von Übel.«

Die Anwesenden, mit einem Blick auf Kalender und Uhr, erhoben Protest. Man möchte, bitte schön, nicht die Zeit tatenlos vertrödeln, sondern etwas unternehmen. Aber was?

»Erbarmung, wir werden uns sputen müssen.« Die so ausrief war das Weibchen Luschnat, sie mixte Kräuter für alle Zwecke. Jetzt kruschelte sie in ihrem Pungel herum, brachte ein Gläschen Bienenhonig nebst einer Rauchwurst zum Vorschein: »Ich werde die Geschenke der Hebamme geben, damit sie sich beeilt. Schade um das schöne Kindergeld«, jammerte sie.

Der Vorschlag löste erst einmal hitzige Diskussionen aus. Man dürfe, hieß es, nicht alle wichtigen Lebensfragen unter materiellen Gesichtspunkten entscheiden. Schließlich mache es für das menschliche Individuum ideell etwas aus, das Licht der Welt früher oder später zu erblicken. Die Rede war, leicht zu erraten, vom Wert der Lebenszeit. Kornhuber Georg sah es so: »Warum jemand Stunden, Tage, Jahre länger schlechten Menschen und Zeiten aussetzen? Ein Viertelstündchen Ruhe mehr im Leben, weniger Last und Leid, wer wüßte das nicht zu schätzen? Warum also mit der Geburt sputen?«

Der Jäger Knoke widersprach heftig: »Es ist nicht erlaubt, sage ich, einem Erdenmenschen Zeit zu stehlen, vorzuenthalten. Minuten, Stunden reichen im Leben, eine Freundschaft zu schließen, eine Marjell zu butschen, Mohnkuchen zu backen oder den letzten Zug nach Sensburg pünktlich zu erreichen.«

Sie grübelten hin und her und wieder zurück. Die Sorge, die Geburt könnte sich bis über Mitternacht des Einunddreißigsten hinauszögern, sprach aus ihren Gesichtern. Bloß das Lehrerchen hatte keine Zeit nachzudenken, es rannte unermüdlich, füllte Gläser nach, schleppte Rauchwaren, Bratklopse, harte Eier, Bier, Korn für die unübersehbar gewordene Menge herbei.

Das Schneiderchen hatte inzwischen nachgedacht, wollte sich mit einem technischen Lösungsvorschlag wieder Freunde gewinnen: »Man könnte der Natur ihren Lauf lassen und trotzdem das Kindergeld kassieren«, schlug er schlitzohrig vor, schlau hinzusetzend, »man braucht bloß die Uhren ein wenig zurückzustellen.«

Der Vorschlag fand geteilte Aufnahme. Vor allem, hieß es mehrheitlich, sei er unkorrekt. Betrug käme für Leute in Kleinwippchen nicht in Betracht. Ernsthafter wurde der Vorschlag des Melkers erwogen: »Ich könnte mit der Hebamme ein Schlubberchen trinken, hinter den Weiden am Poggenteich. Vielleicht kommt ihr beim Poussieren eine Idee zur Beschleunigung des Verfahrens?«

Den Mannchens gefiel der Vorschlag, weil er nichts kostete und einigen Erfolg versprach. Protest erhoben die Frauchen, soweit anwesend. Es gehöre sich nicht, Geschäfte und Gefühle zu vermengen. Kruschke Karl warf einen verzweifelten Blick auf die Uhr. Der Zeiger rückte unbeirrt vor auf beiläufig 23 Uhr des Einunddreißigsten. Er drängte flehentlich zur Tat: »Man sollte der Hebamme einen medizinischen Hinweis geben.«

»Wovon ist die Rede, sprich sputig.«

Er hämmerte sich wild an die Stirn, rief aus: »Seht euch meinen Deetz an. Entdeckt ihr irgendeinen Schaden?«

»Äußerlich ist nuscht zu bemerken, Kruschke Karl.«

»Ei nei, ich bin eine Zangengeburt und nich koppheister gegangen.«

»Was soll das bedeuten, bitte schön?«

»Man könnte ein bißchen von außen nachhelfen, der Eile wegen, beispielsweise ziehen. An Werkzeugen soll es nicht fehlen.« Kruschke Karl klopfte vertrauensvoll auf seinen schweren Werkzeugkasten, den er vorsorglich mitgeschleppt hatte. Bohrer, Zangen und Hammer klapperten.

»Stopft ihm den Mund«, riefen entsetzte Männer, »er vergißt unsere Frau Lehrerin.« Sprachen es aus, stockten in ihrer Rede, dachten so und wiederum so, hatten plötzlich eine Idee. Wahrhaftig, kommt es bei einer Geburt nicht auf die Mutter an? Als die Hebamme wieder einmal vorüberrannte, hielten sie den Pummel fest, sprachen forsch zu ihr: »Es ist eine knappe Stunde bis Mitternacht und das Kindergeld für diesen Monat bald verloren bis zum letzten Dittchen, endgültig. Wir ersuchen dich, der werdenden Mutter einen Vorschlag zu machen.«

»Ich höre, Mannchens.«

Sie drucksten herum, zögerten, rangen sich durch: »Ei nu, man könnte der Frau Lehrerin eine kleine Provision anbieten, sagen wir mal zehn Prozent vom Kindergeld? Es reicht allemal für ein buntes Halstuch oder neue Weckgläser zum Einmachen.«

Die Hebamme stampfte erbost mit den Füßen auf.

»Meinswegen, zwanzig Prozent«, beeilte sich der Sprecher, das Angebot zu erhöhen.

Die Hebamme rollte immer noch wütend mit den Augen.

»Also gut. Die Hälfte«, seufzte der Sprecher, »das gilt für eine Niederkunft pünktlich vor Mitternacht.«

Die Hebamme würdigte ihn keines Blickes mehr, sondern eilte nach oben, der Frau des Lehrers in schwerer Stunde beizustehen, pflichtgemäß. Die Versammelten in der Schulklasse starrten auf die Uhr, lauschten bange nach oben. Die Luft knisterte vor Spannung. Kein Babygeschrei. Der Lehrer verteilte Schnaps und Kopfschmerztabletten. Was nu?

Das Ende der Geschichte, Herrschaften, ist leicht erzählt. Der Lorbaß kam genau fünf Minuten nach Zwölf auf die Welt. Die Leute von Kleinwippchen waren starr vor Enttäuschung. Freude brach sich erst Bahn, als der Lehrer und Vater den Ankömmling begrüßte: »Sei willkommen, Lorbaß ... teurer!«

Bis heute ist ungeklärt geblieben, ob er seinen Sohn persönlich, das verlorene Kindergeld oder die Bewirtungskosten für die vielen Väter und Mütter von Kleinwippchen gemeint hatte. Oder alles zusammen, was ihm lieb und teuer war.

Ein erfreulicher Irrtum

Niemand muß erschrecken zu hören: »Der Tod ist unvermeidlich, manchmal hat er sogar seine guten Seiten.« Viele Menschen in Ostpreußen dachten so, mit Leichtsinn und oberflächlicher Lebensart hatte das nichts zu tun, Leben und Sterben gehörten nun einmal zusammen wie Sonne und Pladderregen bei Sommergewittern. Woraus sich ergibt, wie könnte es anders sein, erstaunliche Lebensfreude. Sie vermehrt sich allerdings nicht von alleine. Ohne Phantasie, ernsthafte Anstrengung geht es nicht. Manch einer durchschaut den Zusammenhang nicht, kapiert kaum, warum auf Beerdigungsfeiern in Ostpreußen Freude aufkam, die Feste am Ende leicht mit fröhlichen Hochzeiten verwechselt werden konnten. Spaßverderber sollten an dieser Stelle aufhören, weiter zu lesen, ihre Füße lieber in einen Bottich mit kaltem Wasser stellen oder Kniebeugen machen.

Tante Malwinchen, die gute Seele vom Forsthaus, hätte über solch dustere Gedanken geschmunzelt. Trotz ihrer Jahre, weit über das biblische Alter hinaus, wenn so zu sagen erlaubt ist, war sie darüber nicht besorgt. Vor nicht allzulanger Zeit hatte sie ihren neunzigsten

Geburtstag drei Tage lang gefeiert. Frühmorgens erschien der Förster mit seinen Gehilfen und Jagdhörnern zum Ständchen, Bauer Kankeleit schenkte ihr zwei gerupfte Hühnchen, Schulkinder sangen im Chor nach der sogenannten Schweinevesper »Sah ein Knab' ein Röslein stehn«. Der Knecht Buttkus spendierte eine aus Hartholz selbstgeschnitzte Pfeife, Tante Malwinchen pflegte sich vor dem Einschlafen ein paar kräftige Züge von starkem Tabak zu genehmigen. Die Köchin Rosa glänzte durch ein Fäßchen Salzheringe, direkt aus Bremen. Für sie, gewässert, mit Schmand zubereitet, ließ die Jubilarin Braten von Wild, Geflügel, Schwein und Rind stehen, vor allem, wenn es neue Pellkartoffeln dazu gab. Den hinter ihrem Rücken geäußerten Verdacht, sie könne Gefallen an gesalzenen Heringen haben, weil sie Durst auf ein Schnäpschen im Anschluß machten, ertrug sie mit Gelassenheit und Würde. Warum hätte sie ein Hehl daraus machen sollen, keine Kostverächterin zu sein? Sie druckste allenfalls verdächtig herum, wenn sie jemand fragte, wo sie ihr Lebenselixier, die Flaschen mit Bärenfang, verborgen hielt. Allein die Köchin wußte von dem Versteck auf dem Boden der Wäscheruhe, ein idealer Platz, einerseits den Vorrat vor unbefugten Händen zu schützen, andererseits mußten sie leicht erreichbar bleiben. Flaschen mit Bärenfang müssen gut ablagern und täglich gerollt werden, damit sie klar wie goldfarbener Bernstein werden.

Vor allem der Arzt, ein hinfälliger Gnuspel von Mensch, durfte von dem Schatz nichts wissen. Er verordnete Malwinchen flaschenweise Hoffmannstropfen, die sie nach seinem Verschwinden sputig in Blumentöpfe schüttete. Niemand ahnte davon, nur konnte sich im

Forsthaus keiner einen Reim darauf machen, warum ausgerechnet im Zimmer von Malwinchen Topfpflanzen eingingen. Alle paar Wochen mußten sie unter freien Himmel gestellt werden, damit sie sich erkuberten, aufrichteten und Farbe annahmen. Malwinchen hütete sich, über den Zusammenhang aufzuklären, lächelte wissend, weise in sich hinein. Allenfalls bangte sie um das Leben ihres Landarztes für den Fall, daß er seine Medizin selber schluckte.

Die gute Seele vom Forsthaus, Malwinchen, so wurde sie nun einmal von allen Kindern, Enkeln, Knechten, Besuchern liebevoll genannt, war mit ihrem Leben zufrieden, auf alles gefaßt und vorbereitet. Stichwort Vorbereitung. Damit sind wir beim Kern der folgenden Begebenheiten angelangt, weshalb über sie zu berichten überhaupt lohnt. Malwinchen mochte alles leiden, nur nicht, wenn in Todesanzeigen betagter Menschen zu lesen stand: »Plötzlich und unerwartet ...« Nicht alles rechtzeitig überlegt und geregelt zu haben, kam für Malwinchen nicht in Frage, darum ist ja die Geschichte bloß, sagen wir so, passiert.

Sie beginnt, wie es sich gehört, mit dem Anfang.

Ein Klapperwagen mit leerer Pritsche bewegte sich auf das Forsthaus zu, die Räder quälten sich auf dem Waldweg knirschend durch den Sand. Das Fuhrwerk steht nicht im Mittelpunkt, wird aber zum Schluß benötigt. Es wird gut sein, sich diesen Umstand zu merken.

Auf dem Bock des Zweispänners zockelten zwei Fuhrleute, Domscheid, begleitet von seinem Gehilfen Paslak, fidel dem Ziel entgegen, ohne erkennbare Eile. Abwechselnd schwiegen beide Mannchens oder grübelten tiefsinnig über Gott und die Welt, plachanderten, ob das Leben kurz oder lang sei, kamen zu keinem Ende, beschlossen erst einmal eine Pause einzulegen, die dritte. Sie hielten das Fuhrwerk unter ausladenden Kastanien an, die Pferde begannen Klee zu grasen, die Kutscher schnitten Striemen von geräuchertem Speck ab, aßen dunkles Roggenbrot dazu, spülten mit einem Schlubberchen Korn nach. Es kommt im Leben alles, wie es kommen soll, befanden sie einträchtig, bevor sie im Gras einschliefen. So. Immerhin, rechtzeitig vor dem Mittagessen, wachten sie auf, spannten an, riefen dem Gespann »Hü, Hott« zu, knallten mit der Peitsche, preschten forsch beim Forsthaus in einer dicken Staubwolke vor, sie hatten, kein Zweifel, eine anstrengende Fahrt hinter sich.

Die dralle Köchin Rosa trat vor die Haustür, besah sich die staubigen Mannchens, wußte Bescheid. »Ihr kommt zur Abholung, wie ich sehe. Zuvor kann eine kleine Stärkung, versteht sich, nicht schaden.«

Domscheid und Paslak ließen sich das nicht zweimal sagen, spannten die Pferde aus, brachten sie in der Remise unter, begaben sich in die Küche, wo in der Bratpfanne frische Spirgel bruzzelten.

»Mit Rührei esse ich gebratenen Speck seit meiner Geburt«, prahlte Domscheid, »von Milch und Gemüse habe ich Hautausschläge und einen Bandwurm bekommen.« Paslak erwies sich als weniger zimperlich, aß Kartoffeln, sämtlich, egal ob als Bratkartoffeln, Pellkartoffeln, Schmandkartoffeln, Kartoffelklöße, die Entscheidung bereitete ihm sichtlich Mühe: »Ich bitte um, wenn es gefällig ist, Kartoffelflinschen.«

Für die Köchin Rosa bedeutete Besuch in der Waldeinsamkeit willkommene Abwechslung; zur Reinigung des

Magens spendierte sie Pillkaller. Die beiden Männer schlugen sich die Kaldaunen voll, prosteten sich zu, ließen sich zum Schein von Rosa gerne nötigen, kniffen sie dankbar ins, wohin wohl, Pooche.

In die gute Laune platzten drei Waldarbeiter, sie erklärten ohne weitere Fisimatenten, Waldluft mache durstig, gegen eine hochprozentige Erfrischung hätten sie nichts einzuwenden. Ein Hüne von Mensch mit klobigem Deetz steckte sich zwei Bratklopse auf einmal in den Mund, kaute, malmte mit den Zähnen: »In der Gegend wird erzählt, daß vor zwei Tagen ein Sarg für Malwinchen in das Forsthaus geliefert wurde, spreche ich richtig?«

»Du sprichst richtig«, nickte die Köchin, ohne auf ihn einzugehen, sie griff nach einem Bündel Birkenholz, schob es in den Herd, die Funken stoben. Der jüngste Waldarbeiter öffnete vor Hitze seinen oberen Kragenknopf, griff sich ans Herz: »Gütiger Himmel, Malwinchen? Ausgerechnet!« Er kam nicht dazu, weitere Überlegungen anzustellen, Leute aus allen Himmelsrichtungen drängten in die überfüllte Küche. Die Nachricht von dem angelieferten Sarg hatte sich wie ein Lauffeuer verbreitet, Gerüchte sprangen von Gehöft zu Gehöft, wurden vom Mühlenbesitzer an den Krugwirt weitergegeben, hingen sich an Scherenschleifer und Landstreicher wie Kletten. Malwinchen habe ein Pferd getreten, sie sei von der Hühnerleiter gestürzt, eine Kugel aus dem Gewehr des Försters habe sich beim Gewehrreinigen gelöst.

Sind Gerüchte erst einmal in der Welt, sind sie nicht mehr aufzuhalten, sie fliegen wie Vögel davon, blasen sich wie Poggen auf, geben Leuten Nahrung zum Schabbern wie trockenes Stroh einem Feuer. Die Wahrheit bleibt auf der Strecke, vorläufig jedenfalls.

Mit einem Ruck wurde die Küchentür zum Hof hin aufgestoßen, die Hunde jaulten auf, bellten, hereingeschneit kam ein Gnuspel von Mensch; in seiner geflickten Tasche, mit einem Lederriemen am Gürtel befestigt, schepperte Schlachtwerkzeug. Durch eine Zahnlücke nuschelte er: »Bis zur Rominter Heide wird erzählt, Malwinchen ist gestürzt, alles Weitere läßt sich in dem Alter denken. Ich habe ihr versprechen müssen, zu ihrer Beerdigung eine Sau zu schlachten.«

Beim Mann mit von Schnaps geröteter Nase, in Kriegszeiten diente er als Sanitäter, handelte es sich um den Lohnschlachter, der reihum seine Dienste für Herbstschlachtungen, Hochzeiten und Beerdigungen anbot. Der Köchin Rosa kam er nicht ungelegen. »Bei soviel unerwartetem Besuch kann frische Wurstsuppe nicht schaden. Du findest hinter dem Stall Schüsseln, Trog, nicht zu vergessen, die Sau.«

An Routine schien es dem Jungchen mit den strubbeligen roten Haaren nicht zu fehlen, sputig stürzte er den angebotenen Schnaps die Kehle hinunter, krempelte seine Ärmel hoch, verschwand auf unsicheren Beinen in Richtung Schweinestall, auf den Lippen einen flotten Militärmarsch. Mancher Augenzeuge begann zu grübeln über den Unterschied zwischen Heldentum und Selbstverstümmelung.

Unterdessen rückte ein Trupp Hausfrauen auf das Forsthaus vor, schleppte vollgepackte Körbe, Pungel, Weckgläser, Tabletts mit Stullen in die Stube. »Essen und Trinken hält Leib und Seele zusammen, besonders an festlichen Tagen.«

Die Männer ließen sich nicht lange nötigen, griffen beherzt zu. Der still und unauffällig eingetretene Postbote schloß sich ihnen an. Es lag ihm fern, bei einer Familienfeier zu stören. »Malwinchen geht es doch gut?« »Das kann man wohl sagen«, brummelte einer der Waldarbeiter in den Bart, »wir haben es noch vor uns.« »Erbarmung, wenn es so steht, verbietet sich jede weitere Postzustellung von selbst. Was bedeutet Eilzustellung im Angesicht von Ewigkeit?« Nach diesen philosophischen Betrachtungen machte er es sich bequem, setzte die Posttasche ab, erweiterte den Gürtel um etliche Löcher, griff nach einem Stück Tilsiter Käse.

Im großen Zimmer deckte eine Marjell den Tisch, ein Forstgehilfe holte Stühle von der Lucht. Die Gesellschaft nahm an der Tafel Platz, bereichert um einige fremde Wanderer. Im Wald verirrt, wollten sie ursprünglich im Forsthaus nur nach dem Weg fragen.

Aus der Küche drangen verheißungsvolle Dämpfe. Es roch nach Wurstsuppe, Kesselfleisch und Zippel. Der Duft von Majoran breitete sich aus. Frauen halfen Brühe mit Einlage zu servieren, Schweinebraten, Schmorkohl, gebratenes Geflügel, Salzkartoffeln, Gemüse, Gurkensalat mit Schmand. Als Nachspeise standen Rote Grütze, Mohnstrietzel, Kaffee sowie Eierlikör bereit.

»Das möchte ein glücklicher Tag für uns sein«, stellte ein Waldarbeiter fest, »womöglich wird er auch Malwinchens, wer kann es wissen, schönster?«

Der Jagdaufseher klopfte an sein Glas. »Wir wollen auf ihr Wohl die Gläser erheben, anstoßen, ausleeren.«

Die Stimmung stieg, niemand wird überrascht sein, an. Laut wurde krakeelt, plachandert, geschabbert. Nach

der Schummerstunde stieß der Förster zur Gesellschaft im Forsthaus, hielt am Schlafittchen einen auf frischer Tat erwischten Wilddieb, der schweißgebadet auf dem Buckel einen Rehbock schleppte. Der Hausherr schlüpfte in die Rolle des Gastgebers. »Der Luntruß«, rief er fröhlich, »kann nicht nur Fallen stellen und Schlingen legen, sondern zum Glück auch Klavier spielen. Der Tanz wird hiermit, sage ich, eröffnet.«
Begeisterung kam auf, die Gesellschaft löste die Tafel auf, Leute räumten Geschirr ab, klappten Tische zusammen, stellten Stühle beiseite. Im Weg blieb allenfalls ein brauner Eichensarg. Wohin mit ihm? Für Ostpreußen kein Problem. In solchen Fällen wird er bei Platzmangel hochkant an die Wand gestellt. Nu konnte gescheiwelt werden.
»Man möchte Walzer spielen«, bat die Köchin Rosa, »Malwinchens Lieblingsmelodien. Vor allem langsame Walzer, wenn es gefällig ist.«
Der Wilddieb nahm am Klavier Platz, schlug heftig in die Tasten. Die Gesellschaft begann zu schunkeln, man sang, Marjellchen hielt es nicht auf den Plätzen, sie zogen Jungchens auf die Tanzfläche. Das Forsthaus begann zu beben, Nachttiere schlugen im Wald verstört einen großen Bogen. Der Trubel zog sich durch die Nacht, endete nicht nach Mitternacht; erst bei Sonnenaufgang fanden die Gäste Ruhe, schliefen sich im Heu aus. Der Förster und der Jagdaufseher luden den Sarg auf den Pritschenwagen, spannten die Pferde ein, weckten die Kutscher. Schwiemelig im Deetz ließen sie sich auf dem Kutschbock nieder, brachten das Fuhrwerk in Gang, blieben lange wortkarg. Allmählich erkuberte sich Paslak:

»Selten wurde eine so schöne Leiche gefeiert.«

»Wenn du es sagst, Paslak?«

»Ich bin dick und duhn.«

»Meinswegen.«

»Gut, daß auch Pastorchen sterben müssen.«

»Wozu soll das gut sein?«

»Fällt mir bloß ein, so ein Gedicht vom Pfarrerche Pogorzelski, eine ostpreußische Berühmtheit. Wir haben es in der Schule auswendig gelernt. Willst es hören?«

»Nei, nei.«

»Ich sag es trotzdem auf, horch zu:
O weh dir, Ortelsburg Gemein, hast
verloren Pfarrer dein, geschlossen ist das Auge, tott,
Maul zu, was hat geredt von Gott.
So blüht in Garten Rosenstock, springt zu, frißt ab
der Ziegenbock, so fraß auch mitt im Lebenslauf
der Tott den sel'gen Pfarrer auf.
Nun liegt er da auf Gottesacker,
pfui Tott, du Racker.«

Domscheid lächelte. »Das Gedicht könnte auch Malwinchen gefallen.«

»Für sie ist es zu spät.«

»Wie kommst du darauf, Paslak?«

»Ich denke, man hat sie steif und bewegungslos in ihrem Bett gefunden?«

»Gewiß doch, aber nicht, weil sie tot war. Sie ist gestürzt, hat sich einen Fuß verstaucht und liegt, ans Bett gefesselt.«

»Erbarmung, nei, warum kutschieren wir dann einen Sarg durch die Gegend?«

»Malwinchen hat sich einen zur Ansicht bestellt, als Muster, zum Aussuchen für den Ernstfall.«

»Dunnerlittchen, dann haben wir gar keine Beerdigung gefeiert?«

»So eine Generalprobe, Paslak, ist nicht übel. Malwinchen hat alles mitgehört und war sehr zufrieden, wie die Köchin gesagt hat.«

Dem Kutscher Paslak verschlug es die Sprache. Mühsam versuchte er seine Gedanken zu ordnen. Seine Stimme verriet Unsicherheit. »Was wird nu mit dem leeren Sarg?«

»Habe ich gesagt, daß er leer ist?«

Paslak wurde aschfahl im Gesicht. »Wer ist denn sonst gestorben, mir ist kein Totalverlust aufgefallen, von Schnapsleichen, wie gewohnt, abgesehen.«

Domscheid verzog sein Gesicht, die wettergegerbte Haut über starken Backenknochen, zu einem breiten Grinsen: »Deine Aufregung ist, Ehrenwort, unnötig. Im Sarg liegt, der Förster hat es uns für die Umstände geschenkt, das Reh.«

Paslak löste sich aus seiner Erstarrung, stieß einen Jubelschrei aus. »Ein glücklicher Tag«, echote es aus dem Wald zurück. Allmählich beruhigte er sich, wühlte in seinem Pungel, brachte ein Buch zum Vorschein, seine Lieblingslektüre, das Doennigsche Kochbuch. Bis vor die Stalltür studierte er Rezepte. Für Rehbraten. Blicke über die Schulter nach dem Sarg verkniff er sich, murmelte allenfalls leise vor sich hin: »Alles in allem ein erfreulicher Irrtum.«

Glossar

Bärenfang/ Meschkinnes	traditionelles Honiggetränk aus Bienenhonig und hochprozentigem Alkohol
barft	barfuß
Beetenbartsch	Suppe aus roter Bete mit Rindfleisch und Sahne
Bowke	pfiffiger Junge, Spitzbube
Differts	Täuberiche
Dittchen	Groschen, Zehnpfennigstück
Dreibastigkeiten	Frechheiten
Eisprickel	kleine Körner, Eisgraupel
Enspekter	Verwalter
erkubern	sich erholen
gejungt	geboren, gebrütet, geworfen
Glumse	Quark, weißer Käse
gniddern	kichern
Gnos	kleiner Mensch, Kind, Zwerg
gnusplig	gnomenhaft, verwachsen
grieses	vermutlich grauschwarz; »Ach du grieses Katerchen« = Ausdruck für staunende Verwunderung

Heemskc	Ameise
Hietscherchen	Fohlen
hucken	sitzen
Instleute	Landarbeiter auf Gutshöfen
jachrig	auch jankrig, begierig sein
Jedet Hüske heft sin Krüzke	Jedes Haus hat sein Kreuz zu tragen
kabolske	Überschlag machen, herumtollen
Kaburr	Käfig, kleiner Raum
kariolen	herumfahren, kutschieren
Kartoffelflinsen	Kartoffelpuffer
Klunkern	Klumpen
Kodder	Lappen, Lumpen
koppheister	kopfüber, kaputt
Kopscheller	Pferdehändler, auch Roßtäuscher
Kujel	männliches Schwein
Kumst	Kohl
Kunter	kleines Pferd
Lachudder	Lümmel
Lorbaß	Lausbub, Frechdachs
Lucht	Dachboden
Luntrus	Taugenichts, leichtfertiger Mensch
malaichen	Pferde für den Verkauf trickreich »schönen«
Mehlkeilchen	Mehlklöße, meist länglich
Nikolaschka	Kognac mit gezuckerter Zitronenscheibe und aufgestreutem Kaffeepulver
pesern	mit Feuer spielen, anstecken
Pillkaller	klarer Schnaps mit einer Scheibe Leberwurst und Senf
Pochelchen	kleines Schwein

Poggen	Frösche
Pomuchelskopp	gebräuchliches Schimpfwort; Pomuchel = Dorsch
Pungel	Beutel, Sack
puscheien	streicheln
Rachull	habgieriger Mensch
Raderkuchen	flaches Fettgebäck
Rotspon	Rotwein
Schmand	Sahne, Rahm
Schubjack	schäbiger Kerl
Schwarzsauer	süßsaure Suppe aus Gänseklein, Gänseblut, Zwiebeln und Majoran
spachheistrig	dürr, mager
Soljanka	russische Spezialität, gulaschähnlich
Spirgel	gebratene oder geschmorte Speckstreifen
Strohmiete	Strohhaufen
verschichert	verscheucht, eingeschüchtert
Wippezoagel	Bachstelze
Wischkoll	Lappen
Zagel	Schwanz